天狗と狐、父になる

春に誓えば夏に咲く

芹沢政信

人物紹介
宮杵稲
黒舞戒の宿敵にして狐狸のあやかし。知略縦横かつ冷酷。得意なのは会社経営。
黒舞戒
御年600年を越える伝説の大天狗。長らく粗暴と恐れられる。得意料理は野菜のグラタン。
実華
人間の赤子。女の子。異能もち。

目次

カバーイラスト――伊東七つ生
カバーデザイン――ムシカゴグラフィクス

天狗と狐、父になる

春に誓えば夏に咲く

第一話

天狗と狐、字を得る

1

黒舞戒（コクブカイ）と宮杵稲（クキトウ）。最強最悪と恐れられる天狗と狐。

六百年の長きにわたり争い続けていた両者がひとつ屋根のしたで暮らし、どういうわけか人間の赤子を育てはじめた。

驚愕（きょうがく）にして不可解。当然、そのニュースを聞いた日本中の——いや、世界中のあやかしたちがざわついた。

京都の鞍馬（くらま）は関西周辺に縄張りを持つあやかしの長を集め、険（けわ）しい顔でこう告げた。

「あやつらが同盟を結んだのであれば、次なる狙（ねら）いは地上の覇権よ。そもそも関東の片（かた）田舎（いなか）で引きこもっていられるようなタマではない。人の子を神輿（みこし）に担ぎあげ、令和の世の支配者になろうと画策しているのだ。百鬼夜行の再来は近い。備えておかねば、我らとて食い潰（つぶ）されるのみ」

海の底では竜宮の神祖が長い眠りから目覚め、各地の河川に散らばる水妖（すいよう）たちに伝令を送った。忍びとして社会の裏に潜む鬼族の末裔（まつえい）は、混乱に乗じて漁夫の利をさらおうと、陰陽寮（おんみょうりょう）の上層部と新たな契約を結んだ。

吸血鬼を筆頭とする西洋あやかしの精鋭が国境を越えて送りこまれたかと思えば、騒乱の匂いを嗅ぎつけてフリーランスの祓魔師や呪術師が上州の地に結集する。

絶対的強者となればその影響力ははかりしれず、力を振るわずとも天地を揺るがすことくらいできてしまう。当人たちに悪気がなくとも、血の気が多いあやかしや人間が勝手に盛りあがって、ありもしない因縁をつけてくるわけである。

しかし天狗と狐がくり広げた武勇伝の数々は、家族アルバムの端っこにさえ記されない。

やかましい連中なんぞ、紙おむつといっしょにポイしてしまえ。

子育てが忙しくて。毎日が楽しくて。

そのような些事は、覚えておく必要すらなかったからだ。

「──へっくちゅ！」
「狐のくせに花粉症か？　相変わらず軟弱なやつよの」
「桜の花びらが顔の前に降ってきたんだよ。やめろ、こんな姿を撮るな」
ティッシュで鼻をかもうとする宮杵稲を見るなり、黒舞戒がにやけ面で携帯端末を構えてくる。昔の自分ならこの男の前で醜態を晒すことなんてありえなかったはずだが、最近はどうも気がゆるんでしまってよくない。LINEで拡散される前に引ったくってデータを消去し、あらためて周囲の景色を眺める。

場所は伊勢崎市、華蔵寺公園。遊園地が併設されているため、観覧車のうえから満開の桜を眺めることができる。子連れで訪れるには絶好の花見スポットだ。

幼子は桜の花がよく似合う。白いフリースとピンクのワンピースが実華の魅力を存分に引き立てており、そのまま額縁に入れて飾ってしまいたいほどの可愛らしさである。モコモコの妖精さんが薄桃色の花びらが舞う園内をてこてこと歩いているのだから、データ容量が許すかぎりシャッターを連打してしまう。

撮影に夢中になっている間に実華との距離が開き、隣にいた黒舞戒が小走りであとを追う。子育てに従事している時間の差か、こうして先を越されることが多くなってきた。

燃えるような赤髪にアーモンド色の肌。魔王のごとき容貌と恐れられていた長身の天狗は黒のスーツに花びらがついていても気にするそぶりさえなく、春の遊園地に負けず劣らずの人懐っこい笑顔を振りまいている。

実華を抱えて戻ってくる仇敵の姿に、つい目を奪われてしまう。

悔しいかな。黒舞戒という男もまた、桜の花がよく似合うのである。

「実華がメリーゴーランドに乗りたいと言っておる」

「あーままうーだ?」

「全然そんなふうに聞こえないよ。乗りたいのは自分だろ」

黒舞戒がこくりとうなずいたので、やんちゃなキッズがもうひとりいるような気分になる。むしろ実華のほうがよっぽど落ちついているのではなかろうか。

呆れながら財布から小銭を出すと、我が子を人質にした天狗はダッシュでチケット売り場に向かう。道中は運転しっぱなしだったので、狐はその間にひと休みしておくことにする。

桜の木のしたでひとり佇んでいると、女子中学生の一団が遠巻きにキャーキャー言いながら携帯端末のカメラを向けてくる。普段なら顔をしかめていたかもしれないが、今日のところは大目に見てやるとしよう。

春の風に誘われた桜の花びらがまつ毛のうえにのり、くすぐったさを感じて手で払う。見れば肩までかかる黒い髪にも薄桃色の花弁がちりばめられていて、花見に合わせてコーディネートした桜色の着流しと合わせて自分の姿を彩っている。

桜葉との一件で九尾の力を失ったにもかかわらず、周囲を魅了する美しさは増すばかり。知らず知らずのうちにご婦人のハートを射止めてしまうことが多々あり、狐自身、コントロールが利かなくて怖いくらいであった。

制御できないといえば、実華の才もそうである。

気を病みそうになるほど何度も言い聞かせ、その甲斐あって外で妖術を使ってはダメだと通じたのか……道端で宙に浮いたりするケースこそ減っている。しかしたまに盛大な『お漏らし』をするときがあって、なかなか気が抜けない。

売店でソフトクリームを買ったあと、リニューアルされたばかりのメリーゴーランドに乗っている我が子の姿を目で追う。キャリッジを模したピカピカの座席で、黒舞戒のひざに抱えられながらぽけっとした顔を外に向けている。乗り物に集中しているから大丈夫そうだ。ホッとしつつ片手で携帯端末を構えると、天狗がぶんぶんと手を振ってくる。違う違うお前じゃない。撮影の邪魔だからじっとしていろ。

白馬はもちろんイルカや恐竜といったバリエーション豊かな仲間たちに囲まれて、実華はオルゴールの飾りのように目の前をくるくると流れていく。そんな姿を動画に収めると、自然と頬が緩んでくる。預かった当初は、上州あやかしの長から課せられた試練でしかなかった。しかし世話をしているうちに愛情が芽生え、長年にわたり築きあげてきたものすべてをかなぐり捨ててでも、実華と暮らしたいと願うようになってしまった。

事実、一度は妖力の核を奪われて死にかけることさえあったのだ。これまでに乗り越えた数々の苦難を振り返り、狐はあらためて幸福な時間を噛みしめる。

六百年の歳月を経て、自分はようやく本当の家族を得ることができたのだ。

……まあ、騒がしいオマケまでついてきたけどね。

しばらくすると黒舞戒が戻ってきて、抱えていた実華を地べたにおろす。スマホを向けるとようやく手を振ってくれたので、愛嬌を振りまく我が子をカメラ機能でパシャリ。

ところが次の瞬間、天狗が隙をついてソフトクリームをひったくる。狐はからっぽになった片方の手を見たあと、幼稚きわまりない仇敵をにらみつける。

「ぼくなら誰かが口をつけたものを、わざわざ味見しようとは思わないな」

「潔癖性め。同じ釜のメシを食っておいてよく言うわ」

実華の頭をなでながら、黒舞戒は鼻で笑う。

日ごろからうるさく言われているため、粗野な天狗とて口をつけたものを実華に与えることはない。あやかしである自分たちが病気に縁がなくとも、人間である実華まで同じとはかぎらない。虫歯菌が感染るだのなんだのというのは育児雑誌の受け売りでしかないが、我が子の健康のために用心しておくに越したことはないはずだ。

「家族になると認めたのだからな。お前のものは俺のもの、俺のものは俺のもの。城みたいな屋敷も預金口座も無駄に値が張る骨董品も、すべて黒舞戒様の所有物となったわけだ。尻尾の毛までむしりとってやるから覚悟しておけよ」

「どんだけ図々しいんだ君は。天狗なんて地面に落ちた花びらでも食べて飢えをしのいでいるのがお似合いじゃないか」

言うなり、鞭のように手をしならせてソフトクリームを取りかえす。

そのまま再び奪われないように、一口でコーンごとバリバリとたいらげる。

「行儀が悪いぞお前っ！　俺にもソフトクリームを買う金をよこせ！」

「いやだね！　実華ならともかく君にはなにひとつだってあげないよ！」

無理やり懐まで手を伸ばそうとする黒舞戒。笑いながら払いのけようとする宮杵稲。幼稚な父と父に挟まれた実華は、迷惑そうに呆れ顔。

そうこうしているうちに周囲に人だかりができて、またもや女子中学生の一団が携帯端末でパシャリ。おかげで一家揃ってその場から逃げだすはめになった。

なにせ事情を知らぬものからすれば、男同士がイチャイチャと抱きあっているようにしか見えなかったのである。

2

「えーびーいえーいーえふじー、えつあいでいけーえるるむっ！　おーぴー……」

遊園地の花見から時をさかのぼること三日前。広々とした屋敷のリビングにて、うさぎ柄のワンピースを着たガキんちょが素っ頓狂な声をあげて歌いまくっていた。77インチ有機ELテレビの前で手足をばたつかせる姿は、さながら昭和のディスコクラブである。

二歳になると実華の顔立ちも相応にしっかりとしてきて、髪が伸びているため桃のあやかしだったころの面影はほとんどない。黒舞戒から見ても成長したらモテるだろうなあと思わせるほどの、愛嬌たっぷりのお姫様だ。

天狗は夕方に取りこんだばかりのタオルを畳みながら、時折くるっと顔を向けてアピールしてくる我が子を褒めてやる。ベビーからキッズに成長して知恵をつけてきたのか、まめに相手をしてやらないと機嫌が悪くなるのである。

はいはい英語がお上手お上手。将来の夢はキャビンアテンダントか通訳か。狐の阿呆(あほう)め英語教材の販売員なんぞにそそのかされおって。おかげで毎日やたらと耳に残るお歌を聞かされて気が触れてしまいそうだ。

赤髪に琥珀(こはく)色の瞳(ひとみ)。異国風の容姿から海外タレントに間違われることがたびたびあるものの、当の天狗は六百年山暮らしの田舎もの。英語どころか国外の知識さえほとんどない。せいぜい今着ている黒のジャージがナイキというブランドのものらしい、ということくらいである。

実華のほうもこっちのパパに似たのかＤＶＤ学習の成果は芳しくなく、今のところ得体の知れない歌を披露するだけだった。

「お前は暇でいいなあ。こっちはやらねばならぬことが山積みだというのに」

黒舞戒はひととおり家事を終えたあと、ソファ前のテーブルに置かれた紙束(かみたば)を見てうんざりとする。実華を養子にするために必要な書類の数々——事務手続きに縁がない天狗にとっては、龍や鬼を成敗しにいくよりよっぽど骨が折れる仕事である。

なにせ、氏名記入欄からつまずいてしまうのだ。

生まれたときから名は『黒舞戒』で苗字はない。生年月日はテキトーに決めるにせよ、職業は……天狗？　いやいや通るわけなかろう。社会常識を身につけてきたからこそ、あやかしの自分に足りないものばかり見えてきて、いっそう頭が痛くなってくる。書面をにらみつけながら狼のようにウーウーと唸ったあげく、癇癪を起こしてゴミ箱に放り投げる。狐のやつは外で好きな仕事をやっているから毎日楽しいのかもしれないが、こっちは慣れない家事と育児に順応するだけで手一杯。これ以上の負担を増やさないでくれと言いたくなってしまう。

泣きわめく赤子をあやしつつ紙おむつを替えていたころがピークかと思いきや、あんなものはまだまだ序の口だった。歩くようになれば迷子になるリスクも高くなり、知恵がつけば予期せぬ行動を起こすようになる。おかげでいつなんどきも気が休まることがない。普通のご家庭だって相当に大変だろうに、我が家の場合はヤンチャのスケールも規格外なのだ。

なんて考えているそばから、ふと見れば実華がふよふよと浮いていた。歌っているうちに興奮してきたのか青白い光をまといはじめ、今にも全身がスパークしそうな有り様である。

黒舞戒は慌てて印を切り、周囲に漂っていた力場を打ち消しておく。並外れた見鬼の才が呼び水となって、日増しに妖気の桁が増してきている。無邪気に笑いながら屋敷の窓ガラスをまとめて爆散させたときの姿を思いだし、天狗はつくづく肝を冷やした。

……はたしてこの調子で、この子を真っ当な人間に育てられるのだろうか。

山の化身として生を受けたあやかしだから戸籍はなく、社会不適合どころか存在すら認められていない。そのうえ家族というものを必要とせず、六百年もの間恐れられ疎まれてきた筋金入りの暴君である。子は親を見て育つとよく言うが、自らが歩んできた道を思いかえしてみれば、悪い見本になってしまう可能性のほうが高かろう。

今の生活はもちろん楽しい。並々ならぬ困難のすえにようやく得た大切なものだから、絶対に手放したくないという思いだってある。しかし親として試される、足りないものを求められる。そういったことを自覚するときは肩に重たいものがのしかかってきて、暗澹とした気分にもなるのであった。

「いっそ反面教師にしてくれたら、気が楽なのだがな」

「ノン!」

頭をなでながらぼやいてみるも、満面の笑みで拒否されてしまう。

ちなみに「はい」でも「いいえ」でも、実華の返事は元気に『ノン!』である。見鬼の才のひとかけらでも英語学習にまわせたら人の世でも生きやすいだろうに、つくづく難儀なガキんちょだ。

思い悩んでいるうちに日が暮れてきたので、ソファからよいしょと起きあがる。すると玄関からガチャリと音が響き、見るからに上機嫌な宮杵稲がリビングに顔をだした。

「ひさびさに早く帰ってこられたよ。実華ちゃん元気にしてまちたかー？」

「ぱぱー！　いっしょにおうた、しよー」

「じゃあ俺は夕食の支度をするから、ちょいと相手をしてやってくれ」

そう言って実華を明け渡すと、宮杵稲は見ているほうが恥ずかしくなるようなデレっぷりでいっしょに歌いだす。まったく……育児の大変なところはこっちに丸投げして、自分はただ可愛がっていればいいのだから気楽なものである。いつになくクサクサしていた黒舞戒は、むっつりとした顔のままキッチンに向かう。

ところがそういうときにかぎって、仇敵のテンションが異様に高い。メシを作ると言っているにもかかわらず「君も歌わないか？」だとか「ほらほら見て見て。超可愛い」だとかしきりに引きとめてくるので、はっきり言ってうざったくて仕方なかった。

狐も途中で相手の機嫌が悪いことに気づいたのだが、これといってなにかした覚えはないうえに、せっかく早く帰ってきたのにあしざまに扱われては気分が悪い。キッチンにいる天狗の背中を拗ねたようににらみつけたあと、視界の端にあるものを見つけて眉をひそめる。

「これって養子縁組の書類じゃないか。なんでゴミ箱に捨ててあるの」

黒舞戒ははっとして、野菜を切る手をとめた。衝動的に放りこんだもののバレたらマズいという頭はあったのであとで戻しておくつもりだったのだが、うっかり忘れていた。

案の定、さっそくの詰問口調である。言い訳したところでぐちぐち説教されるのがオチだろうし、だったらいっそ開き直ってしまえ。

「よくわからんしイラッとしたから」

「ぼくは前に説明したじゃないか。実華と家族になるための大事な手続きだから、なるべく早めに提出できるようにしようねって」

「やらんとは言っとらんわ。めんどくせえなとは思っているが」

「よくもまあ、この子の前でそんなことが言えるもんだな」

「つーかメシ作ってて忙しいんだからあとにしてくれ。毎日毎日やかましいガキんちょと狐耳コスプレ野郎の世話をしてやっておるのに、なんでわざわざ書類出してどっかの知らんやつに家族になりましたーって認めてもらわねばならんのだ。俺たちは家族！　それでいいだろ。なんも問題ない」

「だから人間の社会じゃそうはいかないって話なんだよ。君はいつも自分のことばっかだな。親としての自覚がないからそんなことが言えるんだ」

今の言葉はかなりカチンときた。

親も家族も知らないなりに見よう見まねでやっている最中なのに、そういった努力をまるごと否定されたような気分だ。家事だってサボってないし、なんなら今だって食べやすいようにトマトを切っている最中である。なのに親としての自覚をペラ紙一枚で判断されたのでは、必死こいて育てている身としてはたまったものではない。

とはいえ、先に逆鱗に触れることをしたのは自分のほうなので旗色が悪い。

「まあいいや。さっさとメシにしよう」

「勝手に話を終わらせるな。つかなんで逆ギレしてんだよ」

「キレてんのはお前だろ」

「は？」

「お？」

宮杵稲がずかずかとキッチンに入ってきて胸ぐらをつかもうとする。黒舞戒はとっさに手で払う。サラダを作っている途中だったので野菜を入れたボールが宙を舞い、一口サイズに切ったばかりのトマトやセロリが床にぶちまけられた。

天狗は拾った野菜を三角コーナーに投げつけたあと、再び野菜をカットしはじめる。狐はこわばった表情のまま、ひとことも謝らなかった。

室内の空気がぐっと冷え、両者の間にピシリと亀裂が走ったような気配が感じられた。爆弾が破裂する寸前のような、張りつめた静寂。普段であればすぐに憎まれ口の応酬がはじまるのだが、今日にかぎっては目を合わせようともしない。これほど長く沈黙が続いたのは、六百年の間でも滅多にないことだった。

とっくみあいのけんかにならなかったのは、実華がてこてこと歩いてきたからである。天狗と狐は同じタイミングで無垢な視線に気づき、親としての失態を恥じいるはめになった。ひとまず表面上は笑みを浮かべ、よそよそしい会話をしながら食卓を囲む。

旬の野菜を使ったサラダは実に新鮮だった。

しかしふたりとも、まったく食べた気がしなかった。

翌朝。宮杵稲は顔も見せずに出社し、リビングのテーブルにはあてつけのように養子縁組の書類が置かれていた。くしゃくしゃになっていた紙を引き伸ばした痕跡があり、それを見た黒舞戒は迷子の子犬のように弱々しいため息を吐く。
さすがに一晩経って冷静になってくると、またやっちまったなあという反省が芽生えてくる。はっきり言って正式な親子であるという社会的な体裁なんぞ自分にとってはどうでもいいのだが、宮杵稲はそういうところにこだわっていて、だからこそ無下に扱うべきではないことくらいは承知しているのだ。
怒らせてしまった。いや、傷つけてしまったかもしれない。家族になれるよう心がけているつもりなのに、日々の忙しさにかまけて気を抜いたらこのザマである。もしかすると本物ではないから、些細なことでメッキが剝がれてしまうのだろうか。

いっしょに暮らしていれば、それだけで幸せだった。なのに今はうまくいかなくなっている。盛者必衰。諸行無常。なにごとも続けていくことこそが難しい。

かつて社でともに暮らしていたカワウソの衣雷にせよ、しばらくはそれなりに仲良くやっていたのだ。しかし結局は愛想を尽かされてしまった。変わらぬ関係などないと身に染みて理解しているからこそ、相手の気持ちを尊重しようと心に決めていたというのに。

救いがあるとすれば、実華は今日も変わらず元気だということだ。親がギスギスしていようがどこ吹く風。我が子の前でけんかは論外とはいえ、間に挟まれてもケラケラ笑っていたのだから頼もしいかぎり。空気を読まないというか肝が据わっているというか、呆れるほどに大物である。

と、そこで玄関のベルが鳴る。

通販でなにか頼んでいただろうか。巷で流行っているという詐欺の可能性もある。うまい話を持ちかけられてほいほいハンコを押さないように注意しておかなくては。

そう思い外面スマイルを浮かべて応対してみると、和服姿の美しい乙女が立っていた。

腰まで垂れた長い黒髪。二重のくっきりとした瞳に泣きぼくろ。菊の花のような上品さがあり、黒地に黄の流水紋様をちりばめた着物がよく似合っている。

人間ではない。

その証拠にぴょこんと頭から狐耳。

予想だにしなかった来客に呆けていると、

「お兄様はご在宅でしょうか」

パタパタと背後から実華の足音。

天狗は我が子をひょいと抱きかかえ、身構える。

「なるほど色仕掛けか。露尾あたりならころっとハンコを押してしまいそうだな」

「……はい?」

◇

「では、稲荷のところの」

「宮杵稲のお兄様とは、昔から家族同然の付き合いで」

黒舞戒はあらためて相手を眺めた。吊り目がちなところや人形のように細く長いあごは、狐狸のあやかしが化けた飾り身ならではの特徴だ。大抵は美しい姿をしているものの、この娘の容姿はずば抜けている。宮杵稲は下野を由縁とするオサキで、彼女は桐生周辺をナワバリとする稲荷衆。ゆえに血の繋がりはないはずだが、幼いころから生活をともにしているだけあって雰囲気がよく似ている。

稲荷の娘はうやうやしく頭をさげたあと、

「沙夢と申します。黒舞戒様のことも存じあげておりますわ。根本の山にいたころは、よくいっしょに遊んでもらいましたので」

「そうなのか？　すまん、まったく覚えておらんな」

「黒舞戒様は昔から、お兄様のことにしか興味がありませんでしたものね」

沙夢と名乗った娘はそう言ってコロコロと笑う。目上のあやかしをからかうような口ぶりに、黒舞戒は露骨にむっとする。狐狸のあやかしだけあって底意地が悪そうだ。宮杵稲に似ているのは見ためだけではないということか。

「……今日は何用だ。伝言くらいならしておいてやるが」

「実は宮杵稲のお兄様を、稲荷衆の頭領に招き入れたいと考えておりまして」

「なんだと？」

黒舞戒は眉をひそめる。宮杵稲はかつて稲荷の仲間として暮らしていたが、やがて折り合いが悪くなり、追いだされるようにしてナワバリから出ていったはずだ。当の狐から詳しいところを聞いたわけではないものの、頭領が代替わりする際にゴタゴタがあったことくらいなら推測できる。

「つまり、宮杵稲のことを毛嫌いしていたボスが失脚したか」

「恥ずかしながら仮想通貨で大損いたしまして……。しかもそのあとナワバリの運営資金の使いこみまで露呈して、危うく一族郎党マフラーかコートにされてしまうところでした」

沙夢は狐狸ジョークを口にして苦笑い。しかし目が死んでいるため天狗も気まずくなってくる。海外出張中にラスベガスでギャンブル三昧。脱税発覚からの追徴金。絵に描いたような不祥事の数々が語られたあと、

「今はわたくしが頭領代理となり、先先代のころから抱えている事業を立て直している最中なのでございます。ですが生存競争の激しい人の世で、昔気質の稲荷がやっていくのは難しいことばかりでして」

「だから、成功している宮杵稲を?」

「今さら調子がよいとは重々承知しております。ただ宮杵稲のお兄様のことは昔からお慕いしておりまして、ナワバリを追いだされてしまわれたときも悔しく感じておりました。あのとき、わたくしに力があれば……」

黒舞戒は黙ったまま、沙夢を見つめる。深々と頭をさげる姿は誠意がこもっており、困窮しているであろうことも十分に伝わってきた。

代替わりのゴタゴタがあった当時は幼かったのだろうし、兄貴分たちが結託して追いだしたのであれば、小娘ひとりにできることはなにもなかったはずだ。それが今になって頭

領代理を務めるくらい成長したのなら——理不尽な扱いを受けた宮杵稲に手を差し伸べられなかった無力さを悔い、長年にわたり努力を積みあげてきた事実をうかがい知ることもできる。

しばしの沈黙が流れたあと、沙夢は説得するようにこう言った。

「もちろん黒舞戒様と実華様もお兄様の家族として招きいれます。そもそも稲荷の狐は神々に仕える眷属として生まれたあやかしですし、わたくしどものことは小間使いのように扱ってくださって構いませんので」

かつての黒舞戒なら、即座にオッケーを出しそうな条件だった。しかし破格の待遇にも情にも流されなかったのは、昨年の冬に桜葉との一件があったからだ。邪悪な手合いの口車に乗せられすべてを失いかけた記憶がいまだに生々しく残っているだけに、こういった話は慎重に聞いておかなければならない。

とはいえ……騙されたくないばかりに、臆病になってしまうのはいかがなものか。ましてや困窮しているものに手を貸すことができなくなるのでは、桜葉の邪悪さに屈したのと変わらない。この世に慈悲はある。だから俺も優しくなりたい。そう願ったからこそ、自分は今ここにいるのではなかったか。

天狗はもう一度、沙夢を見る。こうと決めたらテコでも動かなそうな、決意に満ちたまなざし。この華奢な身体が背負っているのは、数十はくだらぬか弱き同胞だろうか。

やはり宮杵稲によく似ている。兄のごとく慕っていたのは事実なのだろう。

「宮杵稲のやつは嫌がると思うが、とりあえず聞くだけ聞いてみよう」

「ありがとうございます！　黒舞戒様のお力添えがあれば、きっと……！」

そこまで期待されると困ってしまうが、ぱあっと明るくなった相手の表情を見てしまうとなにも言えない。狐耳をぴょこぴょこさせてはしゃいでいるし、頭領代理として気を張り詰めているだけで、性根は明るい娘なのかもしれない。

沙夢はその後も幾度となく頭をさげ、黒舞戒にわかったわかったと言われながら屋敷を出ていった。養子縁組の件だって宙ぶらりんのままなのに、またややこしい仕事が増えてしまった。やれやれとため息を吐く天狗に抱えられた実華は、指をくわえながら稲荷の娘を見送ったあと、

「まーま？」

ぎょっとして我が子を見る。

今こやつは、沙夢を見てなんと言った。

「まんま。しゃけ」

「なんだ、メシの催促か……。そういや昼の準備をまだしていなかったな」

いらぬ早とちりをしてうろたえるところだった。

黒舞戒はほっと息を吐き、慌ただしくキッチンへ向かう。

苗字や戸籍にかぎった話ではない。

――足りないものばかりなのだ、俺たちは。

夜になると宮杵稲が仕事から帰ってきた。

去年は気障ったらしい上品なスーツばかり着ていたが、最近はいくらかラフになってヴェイランスのセットアップを愛用している。パッと見だと光沢感のあるシンプルな黒いジャケットとパンツなのだが、アウトドア用の生地で作られており、急な雨にも対応できるハイスペックな代物だ。

黒舞戒もたまに借りて着ているものの、シルエットがタイトだから線の細い狐のほうがよく似合う。ジャケットだけ羽織ってレディースのデニムパンツと合わせているときもあるし、中性的な顔だと着まわしの幅が広くて楽しそうである。

それはさておき、帰ってくるなり不機嫌そうな顔である。昨夜のことを引きずっているのかと身構えるも、なお悪いことにそれだけではないようだった。

狐はクンクンと鼻を鳴らし、実華を抱えあげながらこう言った。

「卑しい匂いがするな。留守中に稲荷の連中が来たのか」

「沙夢という娘だ。お前とは家族同然の付き合いだったと言うていたが」

直後、宮杵稲の表情がいくらか柔らかくなった。

「ぼくとしても妹のように可愛がっていたよ。稲荷のもとを離れたあとは疎遠になってしまったけど、今もあの子なりにがんばっているとは風の噂で聞いていた」

「なら屋敷にあげても問題あるまい。むしろ門前払いするほうがまずかろう」

「いや、それはそうかもしれないけど……」

口ではそう認めつつも、いまだに不満げな顔である。狐にしては歯切れが悪いし、面と向かってとがめにくい理由でもあるのだろうか。

天狗は首をひねったあと、やがて思いいたったようにポンと手を打つ。

「お前の妹分なんぞに手は出さぬから安心せい。もっとも若くて美しい娘となれば目の保養にはなるがな」

「はあっ⁉」

宮杵稲は髪の毛を逆立てて怒りだす。不機嫌になるポイントがよくわからない。昨夜のこともあって気が立っているのかもしれないが、留守を任された身として正しい振る舞いをしたのだから咎められる筋合いはない。

とはいえせっかく会話をする機会を得たのに、またしても険悪なムードになるのは避けたいところである。ひとまず軽口を叩くのは封印して、率直に事実だけを説明しておくべきか。

「同じ狐狸のあやかしゆえお前によく似ていたから、可愛らしいと感じたまでのこと。困っているようだから話を聞いてやっただけで、他意はない」

「そ、そうか。なら……許そう」

今度はなぜか急に、照れたような笑みを浮かべやがった。化けの皮が剝がれて耳と尻尾をぴょこぴょこさせておるし、山の天気よりも不安定なやつである。

ともあれ相手の機嫌が治ったようなので、黒舞戒は昼間のことを打ち明ける。当初はありのまま伝えようとしたのだが、次第に熱が入ってきて、沙夢を悪く思わないようにと説き伏せるようなかたちになっていく。

たぶん天狗自身、狐と一度はけんか別れしたあと、心を入れ替えて家族になった経緯があるからだろう。あのとき許してもらえなかったら――自分は今の幸福は得られなかった。ならばこそ沙夢やほかの稲荷たちにも、関係を修復するチャンスが与えられるべきではないか。

「お前をナワバリから追いやった頭領や結託した連中は、借金を返済するために南米の鉱山でエメラルドを掘っているらしい。つまり今いる稲荷たちはまったくの無関係。憎む理由がないのだから悪い話ではないだろうに」

「許す許さない以前に、今は連中のことなんてどうでもいいとさえ思っているよ。実華と暮らすようになって満たされたからね。いつまでも過去に縛られているほどヒマじゃない」

愛する我が子が「ぱーぱ」とじゃれつく中、宮杵稲はコホンと咳払い。どういうわけかまたもや機嫌が悪くなっている。

「だけど、稲荷の屋敷に戻るというのはナシだ。ぼくは今の生活を守りたいし、これ以上家族を増やすつもりもない。君だって邪魔者が増えたら困るだろ」

「なんで？　みんなでワイワイやったほうが楽しくないか？」

桜葉のクソ野郎とか九里頭みたいな性悪ショタジジイならともかく、今の稲荷衆ならいっしょに暮らしても楽しくやれそうな雰囲気である。小間使いがいれば家事の負担が減ってそのぶん実華にかまってやれるのだから、子育てをするうえでもメリットが多い。なにより社会的な体裁という意味で、人里にナワバリを持つ稲荷の助力が得られたほうが盤石である。

と、珍しく理詰めで諭すのだが……その間にどんどん宮杵稲の雲行きが怪しくなっていく。かたちのよい眉は神経質にぴくぴくと震えているし、口はへの字に曲がって今にも炎を吐きだしてきそうだ。終いには途中で話をさえぎってきて、

「だったら君だけ稲荷の家族になればいいじゃん。ほら実華、お風呂に行くよ」

「あーう？」

唐突な方向転換に、さしもの実華もキョトンとしたような顔。

しかし宮杵稲は我が子を抱えたままスタスタと歩いていってしまう。

「お前が仲直りせねば意味なかろうに。まったく理屈になっておらんぞ……」

あとに残された天狗は戸惑いまじりに、ぽつりと呟く。

仇敵のことが今日ほどわからなかったことはない。

いったいなにが気に入らなくて、ああもぷりぷり拗ねているのだろうか。

3

「ふう……。むしゃくしゃしてつい飲みすぎてしまったな」

皆が寝静まったころ。黒舞戒は屋敷の窓からこっそり抜けだして、駅前の飲み屋街を練り歩いていた。実華を育てはじめてから家庭的な楽しみを見出してきたものの、奔放な性格は相変わらず。時折こうして衝動にかられ、夜遊びにくりだしてしまうのだった。

とくに今日はハメを外しすぎた。あのあと宮杵稲が実華を独占して自分の部屋に引きこもったので、やり場のないモヤモヤを抱えたあげく、馴染みのクラブやバーをはしごしてしまったのである。

歩道のベンチに腰をおろし、ジャージの上着ポケットにねじこんだ財布を確認する。金はまだある……が、今後の出費を考えるとお開きにしたほうがよさそうだ。ちびちびと貯め続けたへそくりなのだから、憂さ晴らしに使うのではもったいない。

夜の街に名残惜しさを感じつつも立ちあがったところで、ふいに吐き気をもよおした。褒められたものではないが路地裏に向かい、リバースしても大丈夫そうなところを探す。

しかしそこでつんざくような怒号が耳に入り、黒舞戒は顔をあげた。

ビルとビルに挟まれた細い道。見るからにガラの悪そうなチンピラふたりに酔っ払いがボコボコにされている。それだけでもかなりタチが悪いが——狼藉を働いているのが九里頭のところのあやかし、地べたに転がっているのが外国人観光客らしき金髪の青年となると、天狗の立場としては見すごすわけにはいかない。

「お前ら、またそうやってカタギのやつにちょっかいかけておるのか」

「……げっ！　天狗の兄貴！」

肩にしまっていた漆黒の翼をばっと広げ割って入ると、オラついていたチンピラのひとりはみるまに血相を変えた。酔っ払いに蹴りを入れていたもう片方にいたっては今にも逃げだしそうな有り様だ。実のところこういった仲裁は何度もやっており、今では街のヒーロー的な存在としてあやかし界隈で一目置かれている。

カタギの観光客をサンドバッグにしているのだから問答無用で成敗されても文句は言えない状況のはずだが、チンピラたちは天狗の圧にオロオロしながらも必死に弁明をはじめた。

「違うんすよ、こいつ最近いろんな店で悪さしてまして。若い娘も男も誰かれ構わずたらしこんで骨抜きにしやがるクセモンってんで、いっぺんヤキ入れてやらねえと飲み屋街仕切ってるオレらのメンツが丸潰れになっちまうんすよ」

「オイラの彼女もやられたっす！　カナちんとは毎日ラブラブだったのに！」

「実にくだらん。お前らのカリスマが足りんからこーいうナンパ目的で観光に来る外国人に好き勝手されるのだろうが。髭剃って眉整えてファッション誌でも読んで勉強しろ。お前らと比べたら道端のワンちゃん猫ちゃんのほうがよっぽど女子にチヤホヤされておるぞ」

「じ、自分はイケメンだからってボロクソ言いやがる！」

納得いかなそうなチンピラふたりも、琥珀色の瞳でぎろりとにらみつけると風で散ったように逃げだしていく。黒舞戒はふんと鼻を鳴らしたあと、ぼろ切れのようにアスファルトに横たわっている青年に手を差し伸べた。

だいぶやられているが意識ははっきりしているようだ。天狗の力を借りてよろよろと立ちあがると、相手は外国人らしからぬ流暢な日本語でこう言った。

「この国は治安がいいと聞いていましたけど、案外そうでもないのですね。貴方に助けていただけなかったら、どうなっていたことか――」

直立していないので正確なところはわからないが、長身の黒舞戒に負けないくらいの背丈はあるはずだ。白のワイシャツと黒のスラックスは丁寧にアイロンがけされていて皺ひとつない。赤いシルクのネクタイをぴっちり締めているフォーマルなスタイルは、ぐでんぐでんになった今の姿とずいぶんミスマッチである。

瞳の色は銀、かすかに青も混じっている。顔は驚くほど整っているが、どことなく愛嬌があった。人たらしというのはこういう男をいうのかもしれない。隙だらけで親しみやすく、なのにぞくぞくとするような色気を漂わせている。

ちょうど路地裏の先に自販機があったので、酔いざましに缶コーヒーを買う。ついでに相手のぶんもぽいと投げ渡し、天狗は笑いながらこう言った。

「俺が助けたのはあいつらのほうだ。お前ではない」

金髪の青年はすっと目を細める。獲物を狙うときの、猫の顔。

今までの軽薄な雰囲気とは打って変わって、実に剣呑なまなざしだ。

「ただの人間にしては血の匂いが強すぎるし、あやかしにしては妖気の流れに揺らぎがない。おおかた人間をやめた手合いだろう。ちょいと前にそういうやつとやりあったばかりだからな。すぐにわかった」

「ご名答。『vampire』——吸血鬼、といえば伝わりますでしょうか」

外国人らしく英語の発音が教材のようにきれいだ。身にまとう空気が邪悪でなければアナウンサーか教師だと考えただろうし、そういうところも桜葉を彷彿とさせる。いや、あの男以上につかみどころがなく、油断ならない。

　お互い缶コーヒーを片手にもったまま、円を描くように距離を取って間合いをはかる。いつだか露尾が言っていた、倫敦をナワバリとする西洋あやかしか。人の身でありながら闇の秘術を用いて不死性を得た、背徳の徒。

「わざわざ海の向こうからおいでなすったわけか。目的はなんだ。観光か？」

「吸血鬼が求めるものはひとつしかありませんよ」

「蚊が湧くにしてはまだ早い気もするがな。このタイミングで上州に来たとなれば、血を吸う相手も予想がつく。俺かそれとも宮杵稲か。実華だというなら今すぐ潰す」

「その中では、誰が一番強いのですか？」

　黒舞戒はニヤリと笑って空になった缶を投げる。相手も即座に反応し、街灯が照らす道にコン！と小気味よい音が響き渡る。

　それがゴングの代わりだった。吸血鬼の黒い槍のような手が喉もとに迫り、すぐさま弾かれる。黒舞戒がジャージのポケットに両腕を突っ込んだまま蹴りを放つと、相手は忍者のように背面跳びをしながら手近なビルのうえまで舞いあがった。

　おりしも今宵は満月だ。天狗が漆黒の翼を広げて飛翔すると、金髪の男はコウモリのようなマントを広げて待ち構えていた。一手交えただけでわかる。桜葉との一件で注目を浴びて以降幾度となくこういった連中の相手をしてきたが、この男はほかとは格が違う。

「人間あがりにしてはやりおるな。名を聞いてやろう」

「シルヴァと申します。以後、お見知りおきを」

「その必要はない。生かしておくと面倒そうだから、今日ここで始末しておく」

巨人のごとく伸びるビルの影。その上空、漆黒の翼を広げたふたりの超常者が激しくぶつかりあう。ぱっと火花が散り、刹那の間だけ両者の美しい横顔が浮かびあがる。

矢継ぎ早に放たれる氷の刃を竜巻きのごとき旋風で弾き飛ばし、黒舞戒はジャージのポケットからようやく腕を出す。闇の秘術で人間をやめたとはいえ、所詮はただの吸血鬼。最強の天狗の敵ではない。

破ッ！と妖気を込めてまばゆい稲妻を放つと、金髪の男はあとかたもなく散り散りになってしまった。天狗の雷撃は一億ボルトをゆうに超え、神気を帯びているため不死の存在であろうと問答無用で粉砕する。

しかし黒舞戒は眉をひそめながら拳を見つめ、舌打ちまじりに息を吐く。

……三割の力では足りなかったか。加減をするのは難しいな。

人間をやめた手合い、というのがとくに厄介だ。生かしたままにしておくと実華に悪い影響を与えないともかぎらない。今の世が強者にとって生きづらいからこそ、道を外れるという選択肢は魅力的に見えてしまう。

さながら誘蛾灯（ゆうがとう）のように。

その先にあるのが桜葉の歩んでいったような——破滅だとしても。

ともあれ、先のことを憂（うれ）いてばかりいても意味がない。

翌日。この春から調理師学校に進学しパティシエになるべく勉強している千代（ちよ）と久々に都合がついたので、露尾も呼んでランチに行こうという話になった。

場所は高崎パスタ発祥の聖地、シャンゴ。

最近とみに食べられるものが増えてきた実華にデミグラスソースたっぷりのパスタをシエアしながら最近の宮杵稲に対する不満をぶちまけると、アニエスベーのチェックドレスを着た小娘と古着のカレッジスウェットに黒のニットキャップをあわせた河童（かっぱ）の今どきコンビは揃ってため息を吐いた。

「天狗ちゃんが悪い」「いい加減に学んでほしいっす」

「なんで⁉　どう考えたって俺のほうが正しいだろうに！」

しかし露尾はベスビオパスタをくるくるとフォークに絡ませながら、唐辛子たっぷりの魚介トマトソースと同じくらい辛辣（しんらつ）なまなざしを向けてくる。

「大事なのは正しいか正しくないかじゃなくて、宮杵稲サマの心の機微を理解できているかどうかでしょ。あんだけわかりやすい相手もそういないと思うんすけど、なんで毎回こうもデリカシーがないんすか？」

「あたしもたまにガッカリするもん。六百年生きているくせにメンタル男子中学生」

「なんだなんだお前らまで！　わからんから困っておるのにわからんお前はだめみたいに言われたらいつまで経ってもわからんままではないか！　俺はこーいう話が苦手だから今日まで苦労してきたのだぞ！　弱いものいじめはやめろ！」

手負いの獣のごとくフーフーと威嚇すると、隣の実華がよしよしと頭をなでてくる。おかげで天狗も平静を取り戻した。せっかくみんなでランチをしているのだから楽しくあるべきだ。ひとまずパスタに口をつける。

「意外と上品なんだよな、デミグラスソース。この味つけは真似できん」

「見ためはやばいくらいB級グルメなんすけどね、シャンゴ風」

と、露尾も同意する。なにせもちもち食感のパスタに揚げたてロースカツをどん、追い打ちをかけるようにひき肉たっぷりのデミグラスソースをどん、である。カロリーにカロリーをかけあわせたモンスター、あるいは浅間の大噴火。しかし食べてみると絶妙にバランスが取れていて、苦くもあり甘くもあるソースの余韻が祭りのあとのように残り続けるのだ。

あらかた平らげたところで向かいの千代が話を引き戻すように、

「たとえばキングオブパスタに参加したお店がみんな優勝したら、それもうキングじゃないじゃん。あたし的にプレミアム感って超重要だから、特別扱いしてもらえるのは自分だけじゃないといやなわけ。で、狐ちゃんもたぶん同じタイプ。見るからに重そうだもん色々と」

「あいつはプライドが高いからな。自分が一番でないと気がすまないというか、お山の大将を気取りたがるのだ。それゆえ昔から俺と張り合ってばかりいた」

「違う違う、もっと繊細でピュアな感情っ！　田舎のヤンキーじゃないんだからマウントとかバトル基準で考えるのやめて！　あたしに対してもそうだけど甘酸っぱくて切ないイベントの数々を他人事みたいに素通りしていくな！」

真横の露尾がそこでなぜかぶっと吹きだしたので、千代が頭をひっぱたく。よくわからんがこいつも狐のやつと同じくらいカリカリしているな。新生活がはじまったばかりだから意外とストレスが溜まっているのだろうか。

それはさておき、露尾がニットキャップの位置を直しながらこう言った。

「具体的に考えてみましょう。実華ちゃんがオレのことを『パパ』と呼びはじめたら天狗の兄さんはどう感じます？」

「ムカつくからとりあえずぶん殴るな」

「昨日のことで言うと狐の兄さんもそうなったわけで。まどろっこしいからずばり核心に迫っちゃいますけど、そーいうヤキモチをやくことって誰にだってあるじゃないですか。天狗の兄さんや実華ちゃんと特別な関係でいたいから、稲荷がどうとかではなく単にほかの誰かに割りこんできてほしくないだけなんすよ」

「なら最初からそう言えばよかろうに。面倒くさいやつだな」

「自分だって似たようなもんじゃないすか。お互い素直じゃないんですし」

黒舞戒はぐっと言葉に詰まった。千代にしても露尾にしても最近ますます遠慮がなくなっている。このままだと天狗の威厳が地に落ちてしまうではないか。

とはいえそれは、自らの弱さと向きあえるようになったからこそ起きた変化でもある。恐れられる道より、見苦しくても優しくなれる道を選んだのだから。

「俺は生まれたときから特別扱いされてきたからな。誰かにとってそうなりたいなどと願ったことすらなかった。しかし……今ならそういった気持ちも理解できる。実華にとってのパパは俺と、あの神経質な狐だけでよい」

黒舞戒が笑いながらそう言うと、露尾と千代も揃って顔を綻ばせる。

宮杵稲が拗ねていた理由にあたりをつけることはできたが、そもそもの本筋はそこではない。あやつが新たな頭領として招き入れられるかどうかはさておき――稲荷との関係はやはり修復しておくべきだろう。

なんとなく、実華の顔を見る。そこに答えが書かれている気がしたのだ。

　小皿に取りわけておいたパスタを食べ終えたキッズは、子ども用の椅子が気に入らないのかじたばたともがいている。仕方がないので膝のうえに座らせると、店内のおおきな窓から差しこむ春の陽射しを浴びて退屈そうにあくび。

「お喋りは終いにして遊びに行きたいか。ならばそれもよかろう」

「今日は天気がいいから仕事をサボれ。会社にはお前が消費期限切れのトムヤムクンヌードルを食って腹を壊したと電話しておいたぞ」

「ちょっと待て！　なんでそんな勝手なことするの⁉」

「お前が茹でたエビみたくぷりぷり拗ねておるからだろうが。ストレスが溜まっておるからキレやすくなるのだ。ここらで遊んでリフレッシュしろ」

　朝から不機嫌そうだった宮杵稲に、黒舞戒は高笑いをあげながら先手を打つ。相手は「……別に拗ねてないよ」とごにょごにょ言っているものの、表情を見るかぎりまんざらでもなさそうだ。どこに行くつもりなのかと問われたので、

「花園のアウトレットだ。実華がまた育ってきておるから今のうちに夏物を仕入れたい

し、俺もサングラスとか時計にちょっと興味がある」

「しれっと自分も買うつもりかよ。お金出すのぼくなのに」

ともあれ外出するなら準備である。天狗は試着するから脱ぎやすいようにと黒ジャージのセットアップで行くのだが、狐は白い着流しを中心としたいつものゴージャスな和装。

実華には紙おむつを装着させたあとで膝丈のワンピースを着せてやり、せっかくの遠出だからと髪を二つ結びにしてやる。天狗からするとちょっとした手間だがいっそう可愛らしくなり、昨日の千代のような今どきっぽさも出てくる。女性誌を読みながら見よう見まねで研究した甲斐があったというものだ。

外出のおともランドローバーに乗りこんでいざ出発——まではよかったものの、進めど進めど広がるのは畑ばかり。一時期テレビでばんばん紹介されていたシティ感満載のおしゃれスポットが本当にあるのか不安になるほど、のんびりとした風景である。

しかし間近まで来ると巨大な白い建物が見えてきて、やたらと広い駐車場にたどりつく。そこでようやく黒舞戒も「ああテレビで見たやつだ」と、郊外アウトレット特有のワクワクする空気を肌で味わった。

車から実華を降ろしつつ尻に鼻を近づけると爆弾を感知したので、紙おむつを替えるついでに早めの昼食を取ることにする。

場所はショッピングエリアに向かう途中にあるカフェ。頼んだのはチキンがメインのプレートランチ。深谷(ふかや)の名産ねぎを使った限定メニューらしい。同じテナントに野菜売り場が併設されているし、帰りにまた寄って仕入れておこう。下手に小細工せずとも主役になれる食材だから、自分でもなにか作ってみたくなる。

「実華の買い物は時間がかかるし、先にちゃちゃっと君の用事を終わらせるか」

「心底いやそうな顔で言うな。こういうときのためにちょいちょい九里頭のとこで用心棒をしてへそくりを貯めておいたのだ。お前の服も見繕(みつくろ)ってやるからテンション上げていけ」

「え、マジ？　君がぼくに？」

昨日もそうだが、いつも寝たあとに抜けだしていたから気づかなかったらしい。サプライズ大成功だ。

実のところ宮杵稲はすでに九里頭経由で書類手続き用の名義を持っていて、その際にでっちあげた戸籍によると誕生日は五月。今は四月になったばかりなのでやや早いが、ご機嫌を取る意味でも今日プレゼントを買ってやるつもりだったのだ。

ちなみに偽の名義は『狐　太郎』――これをそのまま戸籍に使うと天狗は『狐　黒舞戒』となってややこしい。ファッションやアートにこだわるくせに昔から宮杵稲のネーミングセンスはひどく、やはりいっぺん作り直しておく必要があるだろう。

自分でスタスタと歩きたがる実華に細心の注意を払いつつ、道路を横切ってショッピングエリアに向かう。最初に入ったのは舶来かぶれの宮杵稲らしくインポートの有名店で、しかもすでにクローゼットに入っていそうなロゴ入りの白とか黒の服ばかりをチョイスする。

「もっと派手なのを着てみろ。パンダじゃあるまいし」

「最近ファッションにうるさくなってきたな。じゃあ今日は君のセレクトで買うことにするよ。変な服を選んだら容赦なくだめ出しするから覚悟しておけ」

「ならばお前も俺になんか選べ。どっちがクソださ野郎かハッキリさせてやる」

と、バチバチ火花を散らす。千代がいたら「なんでもマウントとかバトル基準にするな」とツッコミが入りそうだが、それで六百年やってきたのだから今さら変えようがない。

ジャンケンの結果先手になった宮杵稲が選んだのは、ドッグタグをモチーフにしたネックレスだった。いつぞや作ってやったシルバーアクセサリーのお返しだろうか。黒舞戒に装飾品を身につける習慣はないのだが、センスのよさは認めざるを得ない。

「で、君が選んだのはこれか。赤いシャツとか恥ずかしいんだけど……」

「お前はなよっちくて細いから原色使いのやつでも似合うだろ。それに天狗といえば赤。高貴なものが身につける色であるゆえ光栄に思うがよい」

慣れないタイプのファッションにモジモジしている狐を眺めながらそう言ったところ、

女性の店員さんから「お連れ様にとってもお似合いですよっ！」と前のめり気味に太鼓判を押される。黒舞戒は思わぬ援軍に腕組みしながら得意顔。

レジでちょっとビビる額の会計をすませたあと、コーデバトルの勝敗はうやむやになったまま次の店へ。実華の夏服が目的——だったのだが、そこでアクシデントが発生した。

パパとパパが買い物に熱中しすぎてハブられ気味だったせいか、お姫様が急にぐずりだしたのだ。しかもこういうときにかぎって手強い。

長身の男ふたりが道のど真ん中で猫なで声を出しながらあやしてみるも、恥を捨てたわりにびくともしない。ぴりぴりとした空気を察知した宮杵稲が慌てて印を切り妖気の力場を打ち消すも、思っていた以上に次の波が早く黒舞戒はワンテンポ対処が遅れてしまう。

直後、ぽん！　と弾ける音。花火のような七色の光。

構ってもらいたい、という欲求から出た術だけに実害はない。
が、とにかく目立つ。通行人の注目を一斉に浴びて、ふたりは揃って肝を冷やす。

「ヒーローショー開幕！　詳細はウェブで！」

「ノン！」

びしっとポーズを取る天狗。英語で拒否するキッズ。営業スマイルを浮かべながら我が子を抱きかかえて走りだす狐……。はじめてのアウトレットショッピングは、そのようなかたちで唐突に幕を閉じてしまったのであった。

「まったく……今日はさんざんな目にあったな。やはりこのお姫様は自分が一番じゃないと気がすまないらしい。どこの阿呆に似たのやら」

「ぼくもそういう天狗を見たことがあるよ。でもあれはあれで楽しかったな」

屋敷の風呂場にて。黒舞戒がやんちゃなキッズを湯船に浮かべて頬を突いていると、宮杵稲が可笑しそうに笑いながらそう言った。

危うく大騒ぎになるところだったのに、いつになく能天気なコメントである。無駄に長い髪の毛を押すようにきゅっきゅっと洗いながら、ご機嫌に鼻歌なんぞを口ずさんでいる。

「君は楽しくなかったのか。それとも消化不良？」

「実華の夏服と深谷ねぎも買えなかったしな。まあそれはあとでもよいのだが、遊び足りなかったかもしれん。せっかくならもうちょい見て回りたかったぞ」

「なら明日は花見に行こう。今年は遅れて今ぐらいがちょうど見ごろだというし」

「どういう風の吹きまわしだ。お前が二日も会社をサボるなんて」

「たまには遊べと言ったのは君だろ。この際だから有休を消化して徹底的に家族サービスするよ。でないと天狗パパに実華を独り占めにされちゃうからね」

いわゆるプレミアム感というやつか。千代の言うとおりこやつは実華さえ自分に懐いてくれていれば、それで充分すぎるほど幸福なのかもしれない。

はてさて、自分の場合はどうだろう。たとえば今日、沙夢やほかの稲荷衆を大勢引き連れて、みんなでワイワイ買い物をしたとすれば。あるいは今このとき、かつて根本の山でそうしていたように、山の動物やあやかしたちと温泉で湯浴みしたとすれば。

楽しいは楽しいはずだ。ただどこか、しっくり来ない。人数が増えるぶん無駄にくたびれるだろうし、大勢となるとひとりひとりの表情や反応をじっくり見ることができなくなる。密度のある時間とは、家族しかいないからこそ味わえるものなのかもしれない。

「水いらずとはよく言ったものだな、実華よ」

「ぷう?」

そんなふうに考えているうちにいい気分になってきて、狐の背中を洗ってやろうとスポンジを握りしめる。ところが「くすぐったいからやめろ」と拒否されたので、ムキになって無理やりゴシゴシと擦ってやった。

◇

翌日、花見から帰ったあと。次はどこで遊ぼうかと実華に話しかけている宮杵稲の声を聞きながら、黒舞戒はリビングのテーブルに置かれた紙束を見る。

やらねばならぬことは、稲荷の一件だけではない。邪悪な吸血鬼もまだ仕留められていないし、うだうだとやっているうちに厄介ごとは次から次へと舞いこんでくるだろう。

ならばこそ、揺るがぬものが必要になってくる。

いかなる困難が降りかかろうとも、乗り越えていけるように。

家族として足りないものを——今こそ取りに行くときだ。

4

「で、なんでまた山に里帰りする気になったんだい」

「去年は桜葉のこともあってバタバタしていたからな。あらためて様子を見ておきたいし、実のところ目的地は根本だけではない。俺とお前はあやかしなのだから、あやかしらしく社会に順応していくべきだとは思わぬか」

「……どういうこと？」

首をかしげる宮杵稲に、まあついてまいれと得意げな顔を返す黒舞戒。最近あまり着ていなかったプラダのスーツ姿で、なぜ山に行くときにかぎってピシッとした格好を選んだのか、というところも妙といえば妙である。狐のほうはザ・ノース・フェイスの白いゴアテックスパーカーとパンツを合わせ、そのうえからベビーハーネスをつけて我が子を抱きかかえている。花柄のポンチョをまとった実華はカンガルーの赤ちゃんのようにゆらゆらと揺らされながら、朝早くに起こされたからか、眠そうにあくびをかいている。

さて。紅葉の名所として知られる桐生川源流林だが、春におとずれるとまた違った風情が楽しめる。桜の花はもちろん鮮やかな若草色や新緑色の木々、日差しを浴びてキラキラとした光を放つ小川。ありとあらゆるところに、生命の息吹が感じられる。

春の陽気にあてられているうちに実華も目が覚めたのか、なにかを見つけるたびに「わー！」だの「ぱー！」だのと奇声をあげて手を叩く。遊園地に行ったときより反応がよいかもしれない。天狗パパに似て、自然に囲まれた場所が大好きなのだろう。

今日は天気がいいこともあって登山者やバーベキューを楽しむレジャー客が多く、ほがらかに「こんにちは」「お先に」と挨拶を交わしていく。ひとりだけスーツ姿の黒舞戒は周囲の目からするといささか奇異に映っただろうが、元々そういったことを気にするような男ではなかった。

中腹近くにさしかかったところで登山者に見られぬよう隙をついて道を外れ、山の奥深く――根本の神域と呼ばれる領域に進んでいく。人の気配がなくなり、むせかえるような緑の匂いと、霞がかった妖気が濃くなる。現世と幽世の境界があいまいになり、木霊や花精と呼ばれる儚いあやかしが、ふわふわと宙を漂いはじめた。

　かつて庵の付喪神をたずねたときのように、実華が幼子らしい無邪気な残酷さで、儚いあやかしを手で握りつぶそうとする。宮杵稲が優しくそれを制していると、草花をかきわけながら前をゆく黒舞戒がぽつりと呟いた。

「俺は生まれながらにして強者だった。ゆえに赤子のときに泣いた覚えはないし、不安や心細さというものを抱いたこともない。……面白いだろう？　ある意味ではなにも知らないでいたころのほうが、超然とした存在でいられたのだ」

　宮杵稲は足を止めた。しかし黒舞戒は背を向けたまま先に進む。こうして山を登りながらのほうが、話しやすいときもある。

「ほかの天狗も似たようなものだと思った。が、いざ会ってみるとそうでもなかった。この世に顕現したときから王たる自負を備えているものはいなかったし、なにより内に宿す力に差がありすぎたのだ。もしかしたらそのときからかもしれん。自分が――」

「ぼくらのようなあやかしとは格が違うってことだろ。今さら確認するまでもなく、核をわけ与えられたときから気づいていたよ。でもだからといって君のほうが偉いってわけじゃないし、むしろもうちょいマトモになれない？　って言いたいところなんだけど」

「手厳しいやつだな……。だから今やっているところではないか」

　宮杵稲はクスクスと笑った。そのことにだってもちろん、気づいている。

黒舞戒からすればこの世のすべては取るに足らない存在でしかないのに、それでも寄り添おうと努力していることを。そもそも親や家族というものを必要としないのに、どうにか理解して慈しもうとしていることを。

天狗はそこでようやく振り返り、木霊をひょいとつまんで実華の手のひらにのせる。やんちゃなキッズはしばらくじっと眺めたあと、そのままポイと宙に帰した。ばいばい。今度また遊ぼうね――とでもいうように。

「で、なんでまた急に自分語り?」

「たいした理由ではない。沙夢と話しているときに気づいたのだ。お前とは六百年もの間いやというほど顔を突きあわせてきたから、大抵のことは知った気になっていた。しかし稲荷のもとで暮らしているときはどうだったかとか、俺がいないときはなにをやっていたかとか、案外ろくにわかっておらぬのではないかと」

そう言ったあとで頭をかく。

「ただの仇敵同士ならばすべてを知らぬでも困ることはないだろう。だが俺たちは家族なんて酔狂なものになってしまった。ならばこそ、あらためて腹を割って話しあうべきではないか。そう思ったまでのことよ」

「てことはまさか、ぼくにも同じことをやれっていうのか」

「いやだというならそれはそれで構わん。思いだしたくないことだってあるだろうからな。稲荷の連中にハブられて、屋敷の隅っこでピーピー泣いていたとか」

「ありもしないイベントを捏造するな！　言っておくけどぼくはやられたままじゃいなかったからね。きっちり仕返ししておかなくちゃ舐められたままになるだろ」

「はっはっは！　お前はまあそういうやつだよな」

肥溜めに落とした仕返しに山狩りのごとく追われたことを思いだし、黒舞戒は高らかに笑う。宮杵稲は得意げな顔で付け足すように、こんな話をはじめた。人の世で仕事をはじめたばかりのころ詐欺師に騙されて二千万もの大金を持ち逃げされたこと、会社がまだ小さかったころ大手に横から取引をかっさらわれたこと、両方ともそのあとできっちり落とし前をつけたこと。

そうこうしているうちに神域の頂にたどりつく。黒舞戒はいきなり地べたに座りこみ、ブツブツと何事か囁きはじめた。庵の付喪神にまたちょっかいをかけられているのかと宮杵稲はいぶかしんだが、やがて「感謝する」と呟いたので、どうやら違うらしいと気づく。

天狗は根本の山そのものに、話しかけていたのだ。

「ちょいと歩けばすぐ下野だが、お前の実家はここからだとずいぶん遠いな。ほとんど端から端に向かうようなものではないか。よくもまあ、威勢よく飛んできたものだ」

「それだけの力がなければ砕けなかったってことだろ。生まれる前だから覚えてないけど」

言ったあとで、狐ははっとする。オサキの狐とは、かの九尾が封印された殺生石が砕かれた際、桐生の側に飛び散った破片から生じたあやかし。つまり元々は下野、現在の栃木県那須湯本にルーツがある。

そして今回の遠出の目的は、察するに里帰り。なら次の目的地は――。

「わざわざ行く必要ないよ。今言ったとおり記憶にもないような場所なんだし」

「だからこそ、だろ。せっかく家族ができたのだからご先祖様の墓前にご挨拶しにいくのが、あやかしとしての筋というものであろうに」

黒舞戒はじたばたする宮杵稲を、実華もろとも担ぎあげる。そして勢いよく羽を広げ、栃木を斜めにまたぐようにひとっ飛び。実華がきゃっきゃっとはしゃぐ中、化けの皮が剝がれた狐は耳の毛を逆立てながら声を張りあげた。

「――せめてお姫様抱っこはやめろ！」

◇

彗星のごとき軌道を描いて広大な日光国立公園をゆうに飛び越え、黒舞戒たちは那須湯本の地にぽんと降りたった。

那須温泉神社にほど近い駐車場。ちょうど春の行楽シーズン、しかも関東でも指折りの観光地とあって、桐生源流林と同様に観光客の姿が多く見られる。

あらかじめ人払いの術をかけていたため着地の瞬間を目撃されることはなかったものの、長身の若い男ふたりが可愛らしい赤子を抱えている姿はかなり目立つ。ついでに名物の足湯に浸かったりさざれ石に触ったりと観光を楽しむつもりでいたのだが、強引に連れてこられた宮杵稲が観光客に声をかけられるたびに不機嫌になっていくのでなかなかそうもいかなかった。

そんなわけで黒舞戒は寄り道を諦めて目的地まで向かう。殺生石までのルートは白い歩道のような橋で舗装されており、脇にはごろごろとした岩肌の風景が広がっている。空から降りてきた時点で独特の硫黄臭が漂っていたのだが、先を進むごとにそれとは別の――なにか巨大なものに近づいているような、じりじりとした気配を感じはじめた。

さすがは伝説に名高い九尾の狐。封印されて千年近く経っているのに、いまだ妖気の残滓は健在というわけか。隣の宮杵稲も当然それを感じているらしく、不機嫌そうな顔にじわじわと緊張のようなものが広がっていく。

黒舞戒はふいに足を止める。『殺生石』と記された碑がちょうど見えてきたあたりで、向かいから老人の一団が近寄ってくるのが見えたのだ。

観光客、ではない。みな一様に僧侶のような袈裟をまとっている。九尾の気配が充満しているせいでわかりづらいが、かすかに妖気も感じられた。いつのまにかほかの人影が消えていることからしても、あやかしが化けているのは間違いなさそうだ。

「ここは我らの聖域。余所者は早々に立ち去られよ」

「俺は根本の黒舞戒。アポなしで乗りこんできたことは素直に詫びよう。しかし隣にいる宮杵稲は九尾に連なるものゆえ、参拝くらいは許されるはずだ」

「その男に御主様の力は感じられぬ。オサキの狐なるものが上州にいたことは伝え聞いている。しかし今年に入ってから祀られていた殺生石のひとつが割れた事実から見ても、そのあやかしはすでにこの世から消えたのであろう」

「そんな……。では、今のぼくは……」

主格らしき老人の男に告げられて、宮杵稲は啞然とする。

妖力の核を分け与えられることで復活を果たしたが、今の自分はオサキの狐というより黒舞戒と似たような存在になっている。その事実については察していたものの、よもやこのようなかたちで突きつけられるとは思っていなかったのだ。

反論の余地はない。が、なかば強引に連れてこられた身とはいえ、手前まで来て引きさがるのは悔しい気持ちもあった。黒舞戒と顔を見合わせてどうしたものかと考えあぐねていたところ、道の脇からふっと湧いたように、また別のあやかしが現れた。

「儂が認めるから通してやれ」

「よろしいのですか、大婆様(おおばば)……！」

「確かにそのものの妖気の質は御主様とは似ても似つかぬ。しかし奥底に名残(なごり)のようなものが感じられる。今はまだ霞のごとく儚い欠片(かけら)だが、いずれは譲り受けた核と結びつき、新たな力となって産声(うぶごえ)をあげよう。わかりやすく言うならリハビリ中ということじゃな」

主格らしき男が平伏するほどの貫禄(かんろく)。身にまとう袈裟もほかのものたちよりずっと豪奢(ごうしゃ)だし、大婆様と呼ばれたこのあやかしが那須一帯を支配するナワバリの長なのだろう。

それに今しがた語られた見解が事実なのだとしたら、宮杵稲の中にあった九尾の力は完全に失われていたわけではなかったのだ。そのことを知れただけでも、ここまで来た甲斐はあったかもしれない。

おおかたの事情に精通していそうなあやかしの長は、あくびをしている実華にくしゃっとした笑みを浮かべたあと、ひさびさに帰省した孫一家を歓迎するようにこう言った。

「今のお前たちの姿を見れば、御主様もきっとお喜びになるであろう」

大婆いわく世間一般に知られている殺生石は、砕かれたときに生まれた分身(スペア)。九尾の核が封印された御神体と呼ぶべきものは、幽世の抜け道の先にあるという。下野のあやかし

一同と別れ、言われたとおりの手順を踏んで隠された入り口をくぐっていくと、ただでさえ岩肌だらけだった参道はいっそう禍々しさを増し、青白い狐火が漂う地獄さながらの景色に変わっていく。

実華がいやいやと暴れている。家族サービスにしては刺激が強すぎたか……と思いきや、いったん地べたにおろすと率先してスタスタと歩きだした。そして見るからに大仰な雰囲気で祀られている石の前で立ちどまり、

「まーま？」

と、指さした。バスケットボール程度のおおきさしかなく、見ためもごく平凡な石だ。しかし周囲に充満する威圧感はここから発せられているので、目の前に鎮座しているものこそが御神体と呼ばれる真の殺生石なのだろう。

「君のママじゃなくて、ぼくのママだよ。お祖母様と呼んだら怒られるかもしれないから気をつけてね」

「はっはっは。過去の逸話を聞くにお前にそっくりな高慢ちきのクソババア――ってうおっ！　なんだこの炎はっ！　封印されとるんじゃなかったのか！」

足もとから激しい火柱があがり、たまらずぴょんぴょんと跳ねまわる天狗。

やはり九尾の力はいまだ健在らしい。

その姿を見て声をあげて笑ったあと、狐はしみじみと言った。

「もっと早くに来ておけばよかった。こんなぼくじゃ受けいれてもらえないんじゃないかと不安で、憧(あこが)れていたのにずっと避け続けていたから」

「お前は甘えるのが下手くそだからな。酒でも飲んで酔った勢いで参拝すりゃよかったのだ。親の立場になったからこそわかるが、会いに来ないほうがよっぽど寂(さび)しいではないか」

「そんなに簡単な話じゃないんだよ。いや……今回にかぎっては君が正しいな」

宮杵稲は言いながら、殺生石からも実華の顔がよく見えるようにひょいと担ぎあげる。隣にいる阿呆のように素直でいられたらよっぽど気楽だろうに、自分はいつだってうだうだと悩んだあげく後悔してばかりだ。

ひょっとしたら——稲荷の連中に対しても、同じことが言えるのだろうか。

狐の考えていることを見透かしたように、天狗がにやりと笑う。

「さて、こうして里帰りをすませたことだし第二ラウンドをはじめるとするか。あやかしにはあやかしなりの、筋の通し方というものがあるのだ」

黒舞戒はスーツのジャケットからハンカチを取りだすと、地べたにぱっと広げた。中から出てきたのは妖術で収納されていた、古めかしい書道具一式。

きょとんとする宮杵稲の前で、硯(すずり)を使って墨を削りだす。

「いきなりなにやってんの。こんなところで」

「家族をこれ以上増やしたくないだとか、お前がよくわからんことを言うからだろうに。俺としちゃ稲荷にせよほかの誰かにせよ親密になれる相手が多いに越したことはないと思うのだが……露尾や千代が言うにそれだとプレミアム感がなくなるのだという。屋敷にある骨董品やらなんやらも数が少ないほど価値があがるのだろう？」

二枚の紙を取りだし、スラスラと筆を走らせる天狗。

「すなわち唯一無二の関係――家族であるという証。そーいうケジメというか確固たるものさえあれば、お互いもうちょい安心していられるのではないかと思ったのだ。桜葉のやつにだってそこの弱点をつかれたわけだしな」

「つまり……？」

「戸籍の件を忘れたのか。俺たちに足りないのは家名だ」

得意げに掲げた紙にはそれぞれ、『黒舞戒』『宮杵稲』と書かれている。

名前とは象徴だ。たった三文字の中に、あやかしとして生きてきた六百年のすべてが詰まっている。人の世で生きていくと決めたにせよ、軽々しく扱われるべきではない。

黒舞戒は胸もとに飾られているネックレスに目をやり、そのあとで宮杵稲の腕にはめられているシルバーアクセサリーを見た。かたや既製品、かたや粗末なお手製。ほかの誰かからすればたいした値打ちにならないが、自分たちにとってはかけがえのない思い出の品。だからこそ媒介となりえる。

互いと互いのすべてを分けあい――家族となるための。

天狗がパンと手を打つと、紙に記された『黒舞戒』の字が宙に浮きあがる。すると殺生石から光がほとばしり、呼応するように『宮杵稲』の字も浮きあがった。

「九尾の母よ、了承いただき感謝する。今日より我らは字を交わそう。黒は宮、宮は黒。いかなる苦難が立ちはだかろうとも、互いの絆を忘れえぬように」

神妙な顔で再び手を打つと、宙に浮かんでいた二組の文字が踊るように交じりあい、まばゆい光を放つ渦となった。それはやがてぱっと分かれ、ひとつは黒舞戒の胸もとに、ひとつは宮杵稲の腕の中に飛びこんでいく。

天狗は向きなおり、ドッグタグを模したネックレスを掲げてみせる。狐がはっとして腕もとを見ると、シルバーアクセサリーに新たな刻印がなされていた。

――黒宮。

「鞍馬だったかほかの誰かだったか、ずいぶんと前に聞いた古い結縁の儀式よ。己が字を分けあうことで霊的な絆を結ぶ……これで俺たちは誰から見てもれっきとした家族。もちろんふたりの字を得た実華もな」

黒舞戒はスラスラと筆を走らせ『黒宮　実華』と記す。

隣にある紙にはいつのまにか『黒宮　舞戒』『黒宮　杵稲』とある。

「普段呼びあうぶんには今のままでよかろう。むしろみだりに使うと効力が薄れるたぐい

の術だからな。しかしいざというときはこの名を使うのだ。さすれば互いの字が力となり
て困難に立ち向かう勇気をくれるはずだ」

そう言いながら実華を手招きし、ひょいと担ぎあげる。

これで戸籍の問題はばっちり解決。あとは養子縁組を成立させるだけだ。

天狗が頭をなでると、幼子は弾むような声で「くーみや！」と呟いた。

「どうだ嬉しいか。杵稲殿」

名を呼ばれた狐は呆然としたまま、相手を見る。

ややあってから、思いっきり顔をしかめてこう告げた。

「プロポーズされたみたいで気色悪いな」

「どの口でそんなことを言いやがるのだ。お前……」

◇

後日。黒舞戒は実華を連れて沙夢のもとをたずねた。場所は桐生市仲町。常祇稲荷神
社から五分ほど歩いたあたりに稲荷たちが暮らす屋敷はひっそりと佇んでいる。
桐生市は稲荷のあやかしと縁が深く、多くは屋敷神として今でも祀られている。ナワバ
リが人里にあるため根本の山を住処とする黒舞戒とかちあうことはなく、昔から利害がな

ければ干渉しないという不文律を貫いていた。

　しかしそんなサバサバした関係も今後は変化していくのだろう。できうるかぎりよい方向に——そのために尽力するのが、優しくなろうと決意した今の天狗の役割である。

　古めかしい門の外からのぞいてみると、敷地の中は稲荷がもっとも栄えていた江戸のころからなにも変わっていなかった。養蚕が盛んな土地特有の横長な二階建て家屋、広々とした庭のあちこちには松の植木と石灯籠。ふと見れば稲荷の子らと思わしき幼子たちが老婆に連れられてわーきゃーと遊んでいる。

　人間にすれば五、六歳くらいだろうか。あやかしなので実際はもうちょいうえのはずだが、実華にとって年長の遊び相手であることに変わりない。乳母らしき老婆が頭をさげてきたのを手で制し、まざりたそうにしている我が子の背中をちょんと押してやる。面倒を見るのは慣れているだろうし、用事がすむまで預けておいても問題ないだろう。

　そんなわけで実華を置いて玄関をくぐると、奥の畳部屋まで案内される。沙夢は春らしく桜模様の着物に若草色の帯を合わせており、旅館の若女将のごとき麗しさと貫禄を漂わせていた。黒舞戒は勧められるままに茶と菓子に手をつけ、

「すまん。説得してみたがやはり無理だった」

「わたくしどもの気持ちをお伝えいただけただけで充分です。お兄様が稲荷のもとから追放されたときは胸が痛みましたが……お幸せになられたのですね」

「その点については保証しよう。黒宮の名にかけて」

沙夢は心から嬉しそうに笑い、深々と頭をさげる。宮杵稲は結局なんだかんだと理由をつけて稲荷の屋敷におとずれようともしなかった。相変わらず頑固で、往生際の悪いやつだ。

沙夢が出してくれた茶は上等なものだし、羊羹（ようかん）だってうまい。フローリングの床よりも畳のほうが落ちつく。おまけに実華の面倒をいっしょに見てくれる小間使いたちまでついてくるのだから、黒舞戒からするとやはり破格の条件である。

だとしても、プレミアム感のためなら諦めよう。家族水入らず（家族水入らず）

それに、進歩がなかったわけではない。

「実は稲荷のものたちが経営している会社のホームページにメールが届いたのです。ミスターフォックスと名乗るかたから、業務提携のお話をいただきました」

「いったいどこの誰なのだろうな。ださすぎるにもほどがあるネーミングといい、聞いているこっちが恥ずかしくなってくるぞ……」

「昔から素直なかたではありませんからね。本心を見せてくださるのは黒舞戒様の前でだけ。お慕いしている身としては羨（うらや）ましいかぎりですわ」

「案外そうでもないのだがな。どうしても見たいなら酒を飲ませてみるとよい」

沙夢は「機会に恵まれたらそうしてみます」と言ってコロコロと笑う。

そこで玄関口のほうからガラガラと物音が響き、続けて幼子たちの甲高い声が聞こえてくる。時計を見ると三時になろうというところ。実華も稲荷たちにまじって、この上品な甘さの羊羹をご馳走になるのかもしれない。

「俺たちは男ゆえ、娘の育てかたでどうしてもわからぬことがある。物心ついたころには面と向かって言いにくい悩みも出てくるかもしれんし、そのときはどうかあの子の力になってはもらえぬだろうか」

「もちろんですとも。稲荷の屋敷で暮らさずとも、実華様がお兄様の大切な家族であることに変わりはありません。もしお許しいただけるなら、叔母のように接してまいりたいと願っています」

沙夢のはにかむ姿を眺めながら、やはりこの娘は宮杵稲によく似ていると思った。同じ狐狸のあやかしだから、というだけではない。実華について話すときの柔らかな声や表情が、ふたりの根底に流れる愛情の強さを感じさせるのだ。

たとえ血の繋がりがなくとも——兄妹のように、家族のようにはなれるのだろう。

宮杵稲が彼女たちと向きあうには、まだもうすこし、時間がかかるにしても。

第二話　天狗、夢を見る

1

あやかしは時間の感覚がアバウトである。

露尾のような若者はそうでもないが、黒舞戒にとっては五十年くらい前までつい最近。しっかりしていそうな宮杵稲ですら、仕事の打ち合わせ中にプロ野球の話を振られて「今の四番って長嶋(ながしま)?」と言って大恥をかくことがある。

かといって、昔のことをよく知っているわけでもない。長く生きているぶん忘れていることも多く、たとえば江戸のころ、彼らの基準で『ちょっと前』となるとけっこうあやふやだ。さらにさかのぼってウン百年近く前、若かりしころや幼少期の記憶ともなれば、ほとんど忘却の彼方(かなた)である。

それでもたまに、ふとした拍子(ひょうし)に思いだすことがある。

ありがちなのは夢を見たときだ。

今はもうどこにもない風景。今となっては会えない相手。あのころだから感じることのできた感動や驚き。頭の奥にこびりついていた記憶を夢の中で追体験したとき、あやかしもまた人間と同じようにしんみりと感慨に耽(ふけ)る。

甘酸っぱい青春、とはよく言ったものである。

忙しい日常をいったん傍ら(かたわ)に置いて、たまには浸ってみるのも悪くはない。過去を懐かしむことができるのは、今を生きている証拠なのだから。

「黒舞戒サマー！　駅前のパトロールなんてさっさと切りあげてロイホあたりで涼みましょうよ！　こんな真夏の昼間っから吸血鬼なんて捜したって見つかりませんって！」
「夜になったらなったで闇にまぎれてまた逃げられるだろうが！　だいたいお前らがいつまで経ってもシルヴァの居所をつかまんせいで、俺がわざわざ出向いてやっているのだぞ！」
干からびた胡瓜(きゅうり)のようになっている露尾の頭を乱暴にどつくも、黒舞戒とてそろそろ限界に近かった。群馬の夏は地獄のように暑い。全国ニュースでたびたび報じられるので知っているものも多かろうが、ひどいときには最高気温が40℃をゆうに超えるのである。
天狗は黒のタンクトップ一枚にデニムパンツ。両手をポケットに突っこみ親指だけ出しているのと、胸もとで光るドッグタグのネックレスがいつにも増してチンピラ感を演出している。露尾はラコステのポロシャツに古着のスウェットパンツを切りっぱなしてショート丈にしたものを穿いている。ふたりとも汗がだらだらで、絞れば500mlペットボトル一本ぶんくらい採取できそうだ。

猛烈な日差しにアスファルトが焼かれ、かすかに湯気が立っている。遠くに見えるビルも蜃気楼（しんきろう）のごとくゆらゆらと揺らめいている。まるでサウナの中にいるようだし、気を抜いた瞬間にふっと倒れてしまいそうだ。

しかし夏の暑さよりも耐えがたいのは、シルヴァなる吸血鬼をいまだ仕留めきれていないという事実である。あの夜のあとも何度か出くわしたのだが、毎回とどめをさす段になって取り逃がしてしまうのだ。

黒舞戒は強い。が、うっかり本気を出すと町に被害がおよぶため肝心なところで攻めきれない。シルヴァのほうも幾たびにもおよぶ戦闘を経て真正面からぶつかったところで勝ちめがないと理解したのか、絡め手を駆使して挑んでくるようになった。桜葉のときもそうだったが感情的になりやすい天狗はこのタイプとめっぽう相性が悪いのである。

「兄さんがムキになる気持ちはよくわかります。めっちゃ話題になりましたからね。あの落書き」

「言うな。思いだしたくもない」

黒舞戒は顔をしかめる。あれはつい先月、六月なかばのこと。本町通りにある廃ビルの壁面に、突如として巨大なストリートアートが出現した。その芸術性の高さからバンクシーばりに話題となり、さまざまなニュースサイトで取りあげられることになったのである。

ただの落書きならば気にもとめなかった。しかし赤髪に黒い翼を生やした全裸の男が、金髪の吸血鬼に首筋を吸われて身もだえしている姿となれば話は別だ。

千代は怒っているのか興奮しているのかよくわからない顔で「やったの？」と聞いてくるし、沙夢のところに顔を出せば、真面目くさった顔で「芸術ですからね」とコメントして目を合わせようともしない。実華にいたっては風呂に入るたびに吸血鬼の真似をしてかぷりと嚙みついてくる始末である。

宮杵稲は表面上いたって穏やかだったものの、目にまったく感情がなかったのがめちゃくちゃ怖かった。あれは吸血鬼の絡め手――もとい悪質な嫌がらせで、実際にあのような場面が起こったことは一度もなかった。といった説明を何度も何度も繰り返してようやく信じてもらったあとには、天狗はすっかり疲労困憊していた。

最終的にストリートアートは行政の手によってきれいさっぱり塗り潰されたものの、風評被害が完全に消え去るわけではない。ネットを見ているとたまにグーグルのおすすめに当時の記事が引っかかることがあって、思わずモニターを叩き割りそうになる。

「暑い暑い暑いっす！　ただでさえ気温やばいのに兄さんのせいでめちゃくちゃ日が照ってきているじゃないっすか！」

露尾が悲鳴をあげたところで黒舞戒は我に返る。

悲しみや寂しさは雷雲を呼び起こすが、激しい怒りの場合は日照りを起こす。吸血鬼ごときに心を乱され、近隣に迷惑をかけてしまうのは本意ではない。外敵に対してはつとめて冷静に対処し、昔のように私怨で暴れまわることがないように気をつけなくては。

「……ロイホもいいが、たまには俺がなんか作ってやるぞ」

「マジっすか？　じゃあオレ、ステーキが食いたいっす！」

いきなり図々しいことを言いだした河童の頭をこつんと叩く。

仕方あるまい。へそくりを使って和牛でも買うとするか。兄貴分としての自覚が芽生えてきた天狗は財布の中をのぞきながらため息を吐く。しかしステーキでは、せっかく磨いた腕の振るいどころがないのが残念なところであった。

露尾にステーキを食わせて帰らせると、屋敷の中は急に静かになった。

実は宮杵稲が実華を連れて会社の慰安旅行に出かけており、昨日からひとりで留守番をしているのだった。

といっても今のところ、寂しさよりは気楽さのほうが勝っている。毎日あくせく働いていれば、たまには休みたくもなる。自分の世話だけしていればいい、というのは主夫としての生活が染みついた黒舞戒にとってはまさしく天国だった。

しかし二日目のなかばをすぎたころになると、若干の手持ち無沙汰を感じてくる。なので黒舞戒はお菓子作りをはじめた。ある意味ではこれも息抜き。誰かに食べさせる予定がないからこそ、普段はやらないようなレシピに挑戦することができるのだ。

ステーキを焼いたときの付け合わせで用意したネギが余っていたので、それを使った焼き菓子を作ることにする。お菓子といえば甘いもの、という印象が強いものの、実際はしょっぱい味つけや辛い味つけのレシピも多く存在する。定番のクッキーなんて小麦粉とバターの塊なのだから、パンを焼くような感覚で作っても案外なんとかなってしまうのだ。

レシピは簡単。まず普通にクッキーを作るときのように薄力粉と砂糖を混ぜ、さらにサラダ油を追加する。そのあと少量の水で溶いて馴染みやすくした味噌を投入し、最後に刻んだねぎを混ぜたら型を取ってオーブンで焼くだけだ。

本当は春に花園のアウトレットで買えなかった深谷ねぎを取り寄せたかったのだが、旬の時期からするとズレている。なのでそっちは鍋の時期の楽しみにとっておくことにして、今回使っているのは茨城県産の夏ねぎである。

味噌が焦げたときの香ばしい匂いを堪能してからいざ実食。完成する前から予想できていたものの、お菓子というよりはつまみによさそうな味だ。ねぎといえば和食、というイメージから今回は味噌を使ってみたものの、胡椒や唐辛子を混ぜてもイケるかもしれない。

「しかし、こうなると酒が欲しくなってくるな」

冷蔵庫を開けるとビールが切れていた。留守番初日に調子に乗って飲みまくったせいである。時計を見ると午後四時になったところ。夕方あたりになれば吸血鬼が出歩きだすかもしれないし、パトロールがてら駅前のオーパに寄って酒とつまみを仕入れてくるか。ねぎ味噌クッキーと合わせるなら、アンチョビやチーズあたりがよさそうだ。

黒舞戒はひととおりの家事をすませ、空がほのかに紫色に染まっていくころになって再び町にくりだした。明日の昼には宮杵稲たちが帰ってくる。それまでに、ひさびさのひとり休暇を満喫しておかなければ。

「で……今度は人狼たちとやりあったと。おぬし、今年に入って何度目だ」
報告のために屋敷をおとずれると、九里頭は呆れたような顔を向けた。
銀髪散切り頭の、座敷童子めいた袴姿の少年。小さな体躯のわりにキセルを吹かす仕草は貫禄たっぷりで、リラックスしているように見えていっさいの隙がない。身にまとう袴に描かれた龍はいつのまにか数が増えており、さながら八岐大蛇のごとき有り様でぎろりとにらみをきかせている。上州あやかしの長としての立場にあぐらをかくことなく、呪物をもちいて自らの力をさらに高めているのだろう。やはり油断ならない老妖である。

「どこぞの秘密結社に雇われたとかなんだとか言っていたな。昔の海賊みたいな格好をしたおかしな連中で、数が多いのと連携が取れているのでうざったかったが、まとめて吹っ飛ばしてやったらキャンキャン鳴きながら逃げ帰っていったわ」

「となるとウールヴヘジンの末裔か。プロの傭兵集団として戦場を荒らしまわっていたようなあやかしをひとりで追い払ってみせるとは、さすがは根本の黒舞戒。おぬしがいれば高崎市の平和は今後も安泰だなあ」

「ぬかせ。今日はたまたま買いだしに行った途中で見つけたからいいものを……そうでなかったらお前のとこの馬鹿だけでなく、カタギの人間に被害がおよんでいたかもしれんぞ。それに数が多ければ取り逃がすことだってある。シルヴァのように悪質な嫌がらせばかりしてくる連中だって増えるかもわからんしな」

「なるほど。確かにまったくの無傷というわけでもなさそうだしね」

九里頭はケラケラと笑いながら天狗の姿を見る。

黒のタンクトップはぼろ布と化し、鍛え抜かれた胸板と腹筋がほとんど露出している。お気に入りのデニムパンツもひどい有り様で、戦っている最中に尻ポケットごと財布をどこかに落としてしまった。

身体はまったくの無傷。

しかし被害総額は十万円近くにのぼる。もちろん酒とつまみも買えていない。

「人の世で仕事をしている宮杵稲の手を煩わせまいと、物騒な輩を見かけるたびに俺が成敗してまわっているが……そもそも裏社会の治安を守るのは上州あやかしの長であるお前の役目だろうに。なぜ俺が用心棒めいたことをやらされなければならんのか」

「だからバイト代をあげているじゃないか。それにおぬしたちの噂を聞いて腕試しにやってきたような連中なのだから、自分で掃除してまわるのが筋というもの。ただでさえ守るものが多いんだからさ、今のうちにヒーローごっこやって練習しときな。桜葉にせよ件の吸血鬼にせよ、一筋縄ではいかない曲者なんて世の中にごまんといるんだし、のほほんと構えていたらそう遠くないうちに足もとをすくわれちゃうよ」

「縁起の悪いことを言うな。だからお前は嫌いなのだ」

「年長者からのアドバイスは素直に受け取っておくものさ。余はそろそろ一線を退こうかという身。今のうちに見どころのあるあやかしにツバをつけておかないと、おちおち引退することだってできやしない」

黒舞戒はその言葉を鼻で笑う。かつてならいざ知らず、今さら後継者扱いされたところで嬉しくもなんともない。ただでさえ家事に育児にとやることが多すぎて悲鳴をあげているのだから、これ以上の面倒ごとを増やされてたまるものか。

九里頭はガトーフェスタハラダのラスクをバリバリとかじり、こう言った。

「じゃあ今回だけ特別にボーナスをあげよう。いつものバイト代のほかに欲しいものがあれば、言ってごらん」

「だったら、うまいもんか酒だな。無駄に長い時間を生きて贅沢三昧しとるのだから、大枚をはたいても手に入らないような最上級の逸品をよこせ」

「ねぎらうという意味なら酒のほうがいいかなあ。いつぞや奢ったチーズキーマは人間の叡智によるものだから、今回はあやかしが作りだした名酒を授けよう」

九里頭は袴の中から一升瓶を取りだす。

首部にさげられた銘を見るなり、黒舞戒は目をむいた。

「まさかそれは……千夜一夜か！」

「天狗は酒好きだから一度は耳にしたことがあるだろうね。しかし現物となると京都の鞍馬ですらお目にかかったことはない。古今東西ありとあらゆる賢人才人の夢想を熟成させて作られた霊酒——幾多のあやかしを成敗した武功に対しての報酬としても不足はないんじゃないかな」

不足どころか、財布をなくしたショックすら吹っ飛んでしまうくらいの上ものである。

黒舞戒はさっそく一升瓶をひったくると、高笑いしながら立ちあがる。

「よおし、今日のところはこれで許してやる！　ついでに台所から食えそうなもんもらっておくから、次に来たときのために補充しておくのだぞ！」

「わかったわかった。度が強い酒だからくれぐれも飲みすぎるんじゃないよ」

屋敷に帰宅すると、黒舞戒はさっそく晩酌をした。つまみは九里頭のところからくすねてきた登利平の鳥めしと、自分で作ったねぎ味噌クッキーである。
千夜一夜は幻の名酒だけあって非常にまろやかな口あたりで、普段呑んでいるビールとは比べものにならないくらい上品な味わいだった。そうなると惣菜弁当やお手製の焼き菓子と釣り合わなそうなものだが、登利平特有の平たくやわらかい肉やねぎ味噌クッキーのスナック感をも包みこむ懐の広さがあった。
甘い、しょっぱい、甘い、しょっぱい……酒とつまみを交互に味わっているととまらなくなり、一升瓶はどんどん軽くなっていく。酒にはめっぽう強い天狗ではあるが、千夜一夜はあやかしが作ったものだけありテキーラ並みにアルコール度数が高く、やがてべろんべろんに酔っ払ってしまった。
これほど呑んだのは人里におりてくる前、孤独に苛まれながら根本の社でくすぶっていたころ以来である。当時を思えば今はずいぶんと贅沢な暮らしをしているものだ。酒の力を借りずとも幸福を感じていられるのだから。

　現実を忘れずともよい。つらい記憶をまぎらわせる必要もない。酒の味を純粋に楽しみ、リビングのソファにごろんと横になって、気持ちよくなったまま眠ればよい。

　天狗はおかしくなってふふっと笑う。これでは実華と変わらない。狐のやつも酔っ払うとやたら甘えたがるが、酒というのはどれほどの頑固ものであろうと純粋無垢な幼子に変えてしまうのだ。

　ならば自分も、今このときだけは――。

　うつらうつらと舟を漕ぎ、頭の中は酒に浸したようにとろけていく。

2

「黒舞戒サマ。黒舞戒サマ」

「誰だ馬鹿もの！　せっかくいい気分で寝ていたというのに！」

　むくりと起きあがると、雪女の愛舎が傍らに座っていた。

　懐かしい顔だ。なぜ今になって、昔の丁稚が顔を見せにきたのか。

　首をかしげながら室内を見まわすと、屋敷のリビングがずいぶんと様変わりしていた。

　北欧風の家具や狐が集めた骨董品は影もかたちもなく、代わりに漆塗りの厨子棚や鶴が描かれた屏風が置かれている。照明のたぐいは見当たらず、光源といえば障子戸の向こうから差しこむ夏の日差しだけ。フローリングの床も草の匂いが漂う古めかしい畳に変わっている。

……いや待て、ここは狐の屋敷ではない。根本の社だ。

それも絢爛豪華だったころの、今となっては存在しない天狗の御殿である。

寝ぼけたままポカンとしていると、雪女はおずおずと頭をさげる。

「今日でお暇をいただきますから。せめて最後のご挨拶にと思いまして」

「ああ、山を離れるという話だったな。お前は気がきくし器量もよいから目にかけてやったのに、この社のいったいどこが気に入らんというのだ。やはり俺がガキんちょだからか？　まだろくに毛も生えとらん男では主として物足りぬか」

自分の身体に違和感を覚えながらも、早口でまくしたてる。背は小さく足は細い。つま先から指にいたるまでぷにぷにとしていて、まるで女子のようだ。

はてさて――強くてでかくてかっちょいいイケメンとして暮らしていたような気もするのだが、あれは今しがた見ていた夢の中の話であったのだろうか。

寝癖のついた頭をぽりぽりとかく天狗に優しいまなざしを向けながら、年長の雪女はこう言った。

「黒舞戒サマに不満はございません。実は以前ふもとにおりたとき、人里でいいひとを見つけたのです。ですから、そのかたの伴侶になろうかと」

「ますますわからんな。よりにもよって人間の男を選ぶとは」

「あなたのようにお強いかたに比べたら優柔不断で甲斐性がなくて、我ながらなぜこのひとを選んだのかと思ってしまうときもありますけど……恋というのはいつだって、そのように理屈にならないものなのです」

　そう言われたところで納得できるわけがない。自分のもとを離れるというのに満ちたりたように笑う愛舎も、最強のあやかしであるはずなのに人間に負けたという事実も。

　雪女が去ったあとも怒りはおさまらず、黒舞戒は運ばれてきた食膳をひっくり返す。いつも以上に荒ぶっている主を見て、丁稚の長であるカワウソが言った。

「気分転換に散歩でも行ってきたらどうですか。もしかしたら愛舎のように、どこかでいいひとを見つけられるかもしれませんよ」

「いるかそんなもん。運命の相手と出会って結ばれたいなんぞ、軟弱なあやかしの考えよ。俺は孤高の天狗ゆえ、ほかのもののように群れる必要すらない」

「はいはい。黒舞戒サマはひとりでも生きていけまちゅからねー」

「赤ちゃん言葉を使うな馬鹿もの！　お前んとこの衣雷ではないのだぞ！」

　この丁稚も家庭を持ってからは、主のことを自分の子と同じようにあやしたがる癖がついてきた。生意気なカワウソを蹴飛ばしたあと、ほかのナワバリで調子に乗っているあやかしに八つ当たりしようかと、黒舞戒は社を飛びだした。

根本の化身としてこの世に顕現した黒舞戒は、生まれたときから王だった。

あどけなくも神々しい容姿は山の動物や植物をまたたくまに魅了し、周辺に住んでいたあやかしたちはその威光を見るや我先にと平伏した。人里においても例外ではなく、古くから山岳を崇めていた信心深い民たちは社に貢ぎものを捧げ、都に住む足利様と同じかそれ以上に敬っていたのである。

しかし、例外はある。上州のあやかしは強者揃いで知られており、とくに根本の山周辺は群雄割拠の様相を呈していた。力を持って生まれたとはいえ、黒舞戒はまだ幼い。ゆえにぽっと出の新参として舐められることがしばしばあった。そういう連中に片っ端からけんかを売り、配下に加えるというのが最近の楽しみであった。

しかし天狗がナワバリに乗りこむと、あやかしの長がすでに鼻っぱしらをへし折られていることがたびたびあった。話を聞いてみると、

「ワガハイをやったのは宮杵稲というあやかしだ。あいつを倒してもらわんことには、お前さんの家来になるわけにゃあいかねえさ」

「宮杵稲は幼いくせに腕が立つ。根本のあやかしでは間違いなく最強だ」

などなど。巷の若いあやかしの間でも、黒舞戒と宮杵稲どっちが強いか論争がくり広げられていた。いわく黒舞戒は強いが腕っぷしだけだ。宮杵稲はそのうえ頭が働く。実力と気品を兼ね備えたあやつこそが、根本の長にふさわしい——。

「ふざけやがって……。宮杵稲のやつめ、見つけたらギタギタにしてやる……」

と、天狗はまだ見ぬ仇敵にメラメラと対抗心を燃やしていた。

宮杵稲はオサキらしいが、下野から来たということ以外はよく知らない。狐狸のあやかしだというのでたぶんでかい狸（たぬき）かイタチみたいなやつだろう。

そんなわけで根本の山を探しまわるが、当然のように見つからない。そのうちに飽きて山の動物たちと遊びだす。熊（くま）と相撲（すもう）をしたり野うさぎや猪（いのしし）と駆けっこをしたり。それにも飽きたら今度は山の中をくまなく散策だ。

折りしも季節は夏。根本を流れる大地の力が増し、草木や花々が競いあうようにして伸び盛る時期である。斜面にヤマユリが咲きほこり純白の絨毯（じゅうたん）を広げたかと思えば、木の幹に張りついたひぐらしが大音量でオーケストラを奏（かな）でる。赤々とした木苺（きいちご）や鮮やかな紫のクワの実はいつでも食べ放題。幼い天狗は唇（くちびる）や手のひらを夏の色に染めながら、自然の恵みを存分に味わう。

やがて山のふもと、人里に近いあたりまでやってくると、黒舞戒はすぐさま異変を感じとった。草木をかきわけて走る影――山の動物ではない。小袖のうえから十徳を羽織った男たち。矢筒や刀を持った武士のように見えるが、かすかに妖気も感じる。あれが噂に聞く陰陽師というやつか。

さらに視線を先に向けると、どうやら若い娘が追われているようだった。遠目でもわかる黒絹のような髪に白い肌。あれほどの美しさとなると、あやかしが化けているのだろう。

考えるよりも先に身体が動いた。天狗は漆黒の翼をばっと広げて跳びあがると、娘を守るようにして立ちはだかる。そして男たちに驚きの声をあげる間すら与えず、旋風を放って吹き飛ばす。ぎろりと光る琥珀色の瞳。

「我こそは根本の黒舞戒。許可なくナワバリに入るとはいい度胸だな」

「くっ……！」

連中のひとりが起きあがってにらみつけるも、天狗のただならぬ眼力に気圧されて、すぐさまきびすを返して逃げていく。ほかのものもそれに続き、山に再び静寂がおとずれる。

黒舞戒はふり返り、陰陽師たちに追われていたあやかしの娘を見た。傷を負っているらしく脇腹をおさえてうずくまっている。呼吸がとぎれとぎれになっているところからして、このまま放っておいたら命が危なそうだ。

しかし天狗が近づいていくと、娘は苦悶の声を漏らしながら起きあがり、

「……じきに治る。自分でなんとかするから構うな」

凜とした声。ヤマユリよりも可憐な顔。

だがそれ以上に、生意気な態度が気に食わない。

「馬鹿を言え。陰陽師どもはあやかし狩りのすべに長けておる。その様子だと矢尻に毒が塗られていたのだろう。お前のようななよっちい身体では助からぬ」

言うなり無理やり組みふせ、衣を剝がす。白くしなやかな肢体があらわになるが、黒舞戒は気にするそぶりすらない。娘が苦悶の声を漏らしながらじたばたと抵抗する中、脇腹の傷をちゅるちゅると吸いだした。

「この……ケダモノ！　色情魔っ！」

「はっはっは。それだけの元気があれば大丈夫そうだな」

天狗はぺっと地面に毒を吐き、うっすらと涙を溜めている相手に言い放つ。

今にも嚙みついてきそうな形相ではあるものの、一応は助けられたという自覚はあるらしい。娘は拗ねたようにそっぽを向いたまま、おとなしくなった。

そのまましばし待ち、毒が抜けて顔色がよくなったのを見計らって、

「俺は黒舞戒。根本の長——いや、この世の覇者となる男よ」

「知っている。偉そうに飛んでいる姿を見たことがあるからね。しかし君にそれだけの器

があるとは思えないな。背はちっちゃいし、犬や猿より知恵が回らなそうな顔だ」

「礼儀も知らぬ阿呆に言われたくないわ。せめて名乗ったらどうだ」

「ケダモノに告げる名前など……と返したいところだけど、助けてもらったからにはそうはいかないか。一応は礼を言っておくよ。ぼくの名は」

若い娘は笑いながら手を差しだしてくる。

最初から素直にしておけばいいものを。そう思いながら天狗が握り返すと、

「宮杵稲。お前を蹴落として王になる男さ」

「なぬっ！　――って熱っ！　燃える燃えるっ！」

相手の指先からぱっと青白い炎があがり、握手していた腕を伝って肩まで燃え広がっていく。天狗はたまらず地べたに転がって、じたばたとのたうちまわってしまう。なんとか砂で消して起きあがると、遠くに生える杉のうえから甲高い笑い声が響いてくる。

若い娘ではなかった。

どころか、探していた仇敵そのひとであった。

……覚えたぞ、宮杵稲。必ずや血祭りにあげてやる。

黒舞戒は去っていく小さな影を、唇を噛みながら見送った。

◇

根本の社に戻ってきたあとも、黒舞戒はふてくされていた。

恩を仇で返されたあげく、歳の近いあやかしに一杯食わされたのが気に入らない。時間が経てば頭が冷えるかと思いきやいっそうぐつぐつと煮えたぎり、寝ても覚めても脳裏に浮かぶのは宮杵稲の顔ばかり。庭に作った木の的に似顔絵を貼りつけ、石やどんぐりをぶつけてうさ晴らしをはじめる始末である。

その様子を眺めていたカワウソの丁稚が、こんなことを言った。

「近ごろやけにイキイキとしてますね。さてはいいひとでもできましたか」

「どこをどう見たらそうなるのだ！　鍋に入れて食っちまうぞ！」

いつものように怒鳴りつけ、持っていたどんぐりを投げつける。一刻も早く仕返しをせねば天狗としての沽券にかかわる。黒舞戒は鼻息を荒くしながら社を飛びだし、憎っくき狐を探すべく根本の山を駆けまわる。

しかし木々や岩の陰をのぞいてみても空のうえからねめまわしてみても、狐の姿はおろか痕跡さえも見つからない。飽きっぽい天狗が全神経を集中して、しらみつぶしに捜しているというのにだ。

根本の山を去ったのか？　いや、毒を吸いだしたとはいえ矢傷を負っているのだ。ひとつどころに留まり、身体が癒えるまでじっとしているはずだ。

苦しそうにうめいていた狐の痛ましい姿を思いだし、天狗はぶんぶんと首を横に振る。あんなやつの心配なんぞするものか。どこかでのたれ死んでいたら仕返しができぬから、そうなる前に捜しだしてやりたいだけのこと。

手負いのまま襲われることを恐れ、妖術で姿を隠しているのかもしれない。もしそうなのだとしたら、普通に捜したところで見つけることはできない。千里眼の力でもあるなら別だが——そこで黒舞戒は庵の付喪神のことを思いだし、顔をしかめる。

神域に住むあのあやかしならば、宮杵稲の居場所くらいすぐに言い当てるだろう。しかしこちらの考えを見透かすような態度が癪にさわるので、なるべくなら頼りたくない相手である。庵の付喪神が佇む平原にやってきたあとも、踏ん切りがつかずうろちょろしてしまう。

すると向こうが先に気づいてしまい、

『狐の少年なら霊泉にいるよ。水浴びをのぞきに行くなら今だぞ』

「……屋根ごと吹き飛ばされたいのか、お前」

◇

霊泉は神域の中でも頂に近い、根本の中でも奥深いところにひっそりと隠されている。身体が丈夫な天狗は使ったことがないから忘れていたが、霊泉の水には傷を癒す効能がある。手負いの狐のために庵の付喪神が教えてやったのだろう。

ならば見つからなくて当然。というより本来ならごくかぎられたあやかししか足を踏み入れることが許されない、秘境中の秘境である。この山でもっとも古い付喪神が狐にそれを認めたとなれば、根本の王になるという宣言を誇大妄想とあざけることはできない。やはりここはきっちりと仕返しをしてやって、あやかしとしての格の違いを見せつけてやらなければ。

切り立った崖を飛び越え、腰ほどの高さがある草花をかきわけ奥へ進むと、次第に山の景色が様変わりしていく。貝殻のごとき虹彩を放つ岩々があちこちに転がり、その隙間を縫うように季節外れの彼岸花が咲き乱れている。かと思えば淡く輝かんばかりに鮮やかな花をつけたしだれ桜が、こちらの様子をうかがうように佇んでいる。この世ならざる世界――それもそのはず、神域は現世と幽世の境界にある。とくにこのあたりは半端なあやかしなら当てられてしまうくらい妖気が濃い。霊泉が見えてくるとうっすらと霧がたちこめ、目を凝らさなければ宮杵稲の姿を見つけられそうにないほどだった。

とはいえそれは相手も同じこと。むしろ遠目がきくぶん天狗のほうが有利である。先に見つけて不意打ちを食らわせてやれば、狐火を浴びせられたときの意趣返しになるだろう。そう考えた黒舞戒は草花の陰に身を潜め、物音を立てぬようコソコソと近づいていく。

……いた。見覚えのある華奢で小さな影。ぴちゃぴちゃと鳴る水音。

身をかがめ、ゆっくりと距離を詰める。黒い髪や白い肌が時折ちらちらと見えるのだが、霧が濃くてぼんやりとした姿しか拝むことができない。うっかり別のあやかしに蹴りを入れたら弁解のしようがないし、顔だけでもハッキリと見ておきたい。なにせ無駄になよっちい身体をしているせいで、本当に宮杵稲なのかどうか確信が持てないのである。

じれったいな。一丁前にもったいをつけやがって。

そこまで考えたところで、黒舞戒はふと我にかえる。……これではまるで水浴びをのぞきにきたようではないか。違う違う。庵の付喪神め、余計なことを言いやがって。おかげで妙な感じになってきて落ちつかないぞ！

しかし否定すればするほど意識してしまい、だんだんと自分の行いが恥ずかしくなってくる。見えそうで見えない、という状況が余計にそれっぽさを感じさせるらしく、このままコソコソとしていたらあと戻りできなくなりそうだ。

幼い天狗は邪念を振り払うように、草葉(くさば)の陰(かげ)からぱっと飛びだしていく。物音に気づいた宮杵稲ははっとふり返り、霧の中で目を凝らしながらこう言った。

「……仕返しにきたならあとにしてくれないかな」

「水浴びの最中に襲いかかるような卑怯(ひきょう)者ではないわ。お前と違ってな」

さきほどまで不意打ちを仕掛けようとしていたのを棚にあげまくった発言だったが、その皮肉は相手にも効いたらしい。タイミングよく霧が晴れてきて、宮杵稲が顔をしかめるところをばっちりと確認することができた。

お互いに無言でにらみあったあと、

「ぼくもあれからすこし反省したよ。君のことは虫唾(むしず)が走るほど嫌いだけど、だからといって騙し打ちのような真似をすれば自分の品位を損(そこ)ねるだけだ。余計なお世話とはいえ助けられたあとなのだから、せめてあの場では礼を尽くすべきだった」

「わかればよろしい。俺は器が根本の山よりでかいゆえ、今日のところは水に流してやろう。ちょうどこうして、目の前に霊泉があることだからな」

言うなり、黒舞戒は霊泉に足を踏みいれる。しかしぽちゃんと沈むことなく、水面のうえをすいと進んでいく。それを見た宮杵稲はにやりと笑い、相手が近づいてくる前に宙に身を躍らせた。花びらのようにくるりと水面のうえに着地すると、どこからか白い着物が現れ、細くしなやかな肢体を包み隠す。

この様子からすると、傷はほとんど癒えているようだ。ならば遠慮はいるまいと、天狗は相手につかみかかる。しかし狐はさっと身をかわし、勢いよく水面を滑りだした。対岸近くまでたどり着いたところで華麗に宙を三回転。そのあとでくいくいと手招きする。

……やってみせろということか。面白い。挑発されるがままにくるくるとジャンプしてみせたあと、さらに続けて三回転。これで勝ったと思いきや、相手は四回転を決めたあとに連続で三回転二回転と披露してみせる。

見よう見まねで試してみるも、さすがに今度は失敗した。水面のうえで盛大にすっ転ぶと、対面の狐は腹を抱えて笑いだす。それでも挫けずに何度か挑戦すると成功するようになり、パチパチと拍手が送られる。

「上達が早いじゃないか。ぼくほどではないけど」

「俺は天才だからな。つか試してみたいことがあるのだが」

「なにを?」

「片方が担ぎあげたあとで跳べば、さらに回転数を稼げるのでは」

「なるほど。面白そうだね」

というわけで、ふたりがかりで高難度の技に挑戦する。弧を描くようにして同時に滑りだしたあと、途中で交差して華奢な腰をつかんで放り投げる。狐は空高く舞いあがり高速でスピンすると、天女のごとき優雅さでふわりと着地する。

　仕返しをするつもりでいたのに、気がつけばただ遊んでいるだけ。

　しかし相手が興奮気味に「今のはどうだった？」と聞いてくると、そんな些細なことはどうでもよくなってしまう。天狗はぐっと拳を握り、こう言った。

「コツをつかんできたからまだまだイケる。次は六回転を目指すぞ！」

　ひとしきり遊んだあとは、どちらともなく服を脱いで霊泉に浸かる。

　傷を癒す効能なんぞ無縁なものと考えていたが……冷たい水が存外に心地よいし、たまにはこうして沐浴をしにきてもよいかもしれない。山の奥ゆえにうす暗く、あたりには蛍のように淡い光を放つ木霊がふよふよと漂っている。ほかに生き物の気配がなく静かなので、隣にいる相手の息づかいがくっきりと聞こえてくる。姿勢を変えるとかすかに肩がふれあい、くすぐったさを感じてしまう。

「なんでこっち見て笑うんだよ」

「可笑しいからに決まってるだろ。阿呆め」

　むっとしたように濡れた髪をかきあげる宮杵稲を見て、やはり美しいと感じた。しかし間近で眺めてみると鎖骨や胸板は骨張っていて丸みがなく、裸であれば娘と見間違えることはなさそうだ。

黒舞戒はそこであることに気づく。矢傷を受けたばかりの脇腹は当然ながら、ほかにも肌のあちこちにうっすらと線が走っている。そのほとんどは癒えかけているものの、雪のように白く見えて、宮杵稲の身体は傷だらけなのだ。

一方の天狗は生まれてこのかた、怪我(けが)や病気というものをほとんど経験したことがない。狐火を浴びてのたうちまわった事実は屈辱的ではあるものの、同時に自分にそれほどの痛みを与えてきた相手に興味を惹(ひ)かれはじめていた。

「あの陰陽師たちはどこから来た。なぜ、お前のことを追っていた」

「最近、京の都のほうでまたあやかし狩りが流行(はや)っているのさ。あいつらは根本のふもとあたりに稲荷が住みついていると聞いてわざわざやってきた、陰陽寮の分派だよ。本家の連中に比べるとたいした腕じゃないけど、そのぶん汚い手を使ってくるから厄介だ」

「毒ごときで不覚をとった言い訳か？　俺なら鼻歌まじりで成敗したがな」

「人質も取られたからね。稲荷のものたちはまだ、囚(とら)われたままだ」

根本周辺にナワバリを持つ長たちは強者揃いだ。そんな連中を倒してまわった宮杵稲が、陰陽寮の分派ごときにやられたというのは違和感がある。しかし弱っちい稲荷どもを盾にされていたのであれば納得はいく。

黒舞戒は相手の顔を見る。華やかに見えて身体は傷だらけで、なのに凜とした気品を漂わせている。一度は不覚をとって死にかけたにもかかわらず、その力強いまなざしを見るに、この男はまた勝負を挑みに行くのだろう。

ほかの——弱いものたちを救いだすために。

ならば、やるべきことはひとつ。

天狗は威勢よく立ちあがり、隣にいる狐に手を差しだした。

「助けてくれと頼んだ覚えはないんだけど」

「なんの話だ？　俺はちょいと、人間どもをからかいに行きたくなっただけよ」

3

「……しかし子どもがさらわれたというのに、親どもはなにをやっているのだ。本来ならお前ではなく、ナワバリの長が直々に救出へ向かうべきだろう」

「稲荷は人に化けて賽銭(さいせん)を集めるだけの、か弱いあやかしだからね。分派とはいえ手練れ(てだ)の陰陽師が相手となれば、真っ向から戦いを挑んでも勝ちめはない。さすがに救出する手立ては練っているだろうけど、実行に移すまでには今しばらく準備が必要なんじゃないかな」

「ちんたらしていたら毛皮を剝がされてしまうぞ。まったく……」

臆病風に吹かれた味方ならいないほうがマシである。そんなわけで夜になるまで待ったあと、黒舞戒と宮杵稲だけで敵陣に乗りこむことにした。

宮杵稲いわく――稲荷の子らを捕らえた連中は、ふもとの村のもっともおおきな屋敷を間借りしているという。このあたりの土地を統べる桐生氏が、京の都からやってきた陰陽師たちを番人として重用したからである。

弱っちい狐狸のガキんちょを狙うあたり、手っ取り早く成果をあげて権力者に取りいる算段だったのだろう。下劣きわまりないやり口ではあるものの、それだけ知恵がまわるということでもある。

日が暮れるとふもとの村はひっそりと静まりかえり、茅葺き屋根の家々は暗闇に溶けていく。そんな中、無数の提灯に照らされた屋敷はよく目立った。見張りに立っている男たちは陰陽師らしく、〝式〟と思わしきヒトガタがふよふよと周囲を旋回している。

ふたりとも黒に近い藍色の装束をまとい闇にまぎれているが、なまじ妖気が強いだけにそっちで感知されかねない。直近までせまったところで木の陰に身を潜め、鼻先が触れそうになるほどの距離でこそこそと話しあう。

「俺がこっから稲妻を放って門番どもを吹っ飛ばす。そしたら真正面から突っ込んで連中がうろたえている間にまとめてなぎ倒せばよい」

「自信満々で穴だらけの作戦立てないでくれないかな。とりあえず稲妻とか狐火は禁止。

屋敷が燃えたら稲荷たちまで黒焦げになっちゃうだろ」

「人質がいるというのは面倒くさいな。お前のほうはなにか考えがあるのか」

「あるっちゃあるけど……笑わないでくれよ？」

　直後、どろんと煙があがり着物をまとった獣耳の少女が現れた。さすがは九尾の末裔。稲荷に化けて門番どもに色仕掛けしようという算段である。

　黒舞戒は笑うどころか素直に感心し、可憐な姿になった宮杵稲をまじまじと見つめる。気の強そうな目尻に、つんとすました口もと。白粉化粧に紅までさしている。花のように美しいといえばそのとおりなのだが、乙女っぽさを盛りすぎているせいで本来の持ち味を損ねているような気もする。それとも色香で惑わすつもりなら、このくらいやったほうがいいのだろうか。うーんと首をひねったあとで、

「悪くはないがそそらないな。乳をもっとでかくしたほうがよいのでは」

　返事の代わりに平手打ちが飛んでくる。

　そういうところを意識されると気恥ずかしいらしい。

　心のほうまでしっかり乙女になるとは、いやはや見事な変化である。

門番たちはあっさりとメロメロになった。注意がそれたところで黒舞戒が背後から手刀を当てて昏倒させていく。

屋敷に入ったところで右に行けと目配せされたので、二手にわかれて進むことにする。感知される恐れがあるため妖術のたぐいは使えないが、宮杵稲は人質になった稲荷に成りすませば問題ないし、黒舞戒は身体能力がべらぼうに高い。通路の向こうから提灯が見えるやいなや、ぱっと跳躍して天井に張りつく。そしてそのままカサカサと、蜘蛛のように進んでいく。

やがて酒宴を催しているような笑い声が響いてくる。さらには強い妖気も。分派の半端者たちと聞いていたが、思いのほか腕が立ちそうだ。しかし途中で足を止め、そもそもの前提が間違っていることに気づく。

人間とあやかしでは妖気の質が異なる。奥から発せられているのは後者だが、この強さからすると稲荷のものであるとは考えにくい。だとすれば屋敷には陰陽師以外にも手練れのあやかしがいることになり——そこまで考えたところで黒舞戒は獰猛な笑みを浮かべる。

黒幕がいるのだ。半端な陰陽師たちをあごで使い、ふもとの村々をナワバリにしようという狡猾なあやかしが。まずは根本周辺、その次は上州全域だろうか。

弱っちい人間が相手ではイマイチ盛りあがらないなと感じていたが……まだ見ぬ強者のあやかしとやりあえるのなら話は別だ。それにナワバリ荒らしとなれば、これは自分に売られたけんかでもある。

酒宴の場、大広間の外周まで来たところで天井からするりと下りると、そのまま流れるようにして縁側に身を潜める。今度はネズミのようにコソコソと這って進み、床下から妖気の中心に近づいていく。すると、より鮮明に声が聞こえてくるようになった。

「さすがは峨々法師どの。稲荷を盾にするとは実に悪辣。強者と名高い宮杵稲をああもたやすく追い払えるとは、あやかしにも情があるのですねぇ」

「所詮あやつは青二才。まだまだ兵法というものがわかっておらぬのだ。その点ワガハイは鬼より情けがないと言われた百戦錬磨の大悪党。京の都では鞍馬の阿呆にしてやられたが、こんな田舎ではあやつほどの手練れはいないだろう」

「つまり桐生の地はもはや手に入れたも同然ということですな。天狗というのは気難しいと聞いておりましたが、峨々法師どのほど話がわかるおかたは人間にもおりません！　さてお約束の品はこちらに――」

床下で耳を澄ませながら、黒舞戒は眉根を寄せた。

……天狗？　こんな下品で卑怯な真似をしているやつが、自分の同族だと？　だとしたら分派の陰陽師と同じく、半端ものに違いない。俺のような本物といっしょにされてはたまらぬし、早めに叩き潰しておかなければ。

　しかし今出ていったら隠れている意味がない。首魁（しゅかい）がここにいるのなら宮杵稲は先に人質の確保に向かっているはずだ。知恵がまわるあやつであれば、なんらかの手段で知らせてくるだろう。動くのはそのあとのほうがよい。

　そう思い機をうかがうのだが、万事が狙ったように進むわけもない。

　やがてジャラジャラと鎖を引きずる音が聞こえ、同時に甲高い悲鳴が響く。

「おやめくださいっ！　そのようなことは……！」

「ワガハイはお前のような狐狸の皮を剥ぐのが大好きなのだ。折りしも今宵は誕生日。このときのために器量のよい娘をやつらに選ばせたのだからなあ」

「待て待て！　天狗を名乗っておいてそんな趣味の悪い狼藉（ろうぜき）を働くな！」

「んんぅ？　なんだ貴様は。どこから出てきやがった」

　気がついたときには床板をぶち抜いて飛びだしていた。

　見れば首輪をつけられた娘が着物をはだけられた姿で涙ぐんでいる。人質の中でももっとも器量がよいとあって、幼い黒舞戒から見ても感心するほどの美しさである。その傍らには修験者風のむさ苦しい男——鼻が異様に高く赤ら顔で自分よりよっぽど天狗っぽく、こやつが峨々法師というあやかしに間違いない。

周囲にはほかにも袈裟をまとった陰陽師が数人ほどいるが、見るからに雑魚なので放置してよさそうだ。問題はやはり、同族を名乗る首魁のほうだろう。

「俺は根本の山を統べる王である。頭を垂れてひざまずくのなら命だけは見逃してやろう。しかしなおもこの地でふざけた真似をするつもりなら、最強の天狗である黒舞戒の名においてお前たちに引導を渡してやらねばなるまい」

「はっはっは！　やはり田舎はろくなあやかしがいないな。貴様が王ならこの峨々法師様は大魔王よ。毛も生えとらんガキんちょの天狗になにができる？」

「わりとなんでもできるぞ。自分でも怖いくらいに」

直後、黒舞戒の燃えるような髪が逆立っていく。琥珀色の瞳は怪しい輝きを放ち、ピリピリとした妖気が漂いはじめる。障子戸の向こうからごろごろと雷雲が轟き、床下からかすかに鳴動が伝わってくる。

尋常でない気配を感じて、峨々法師は見るからにうろたえはじめた。天候をも左右するほどの力となれば、ただのあやかしではない。目の前にいる幼い天狗は、雷神や風神――はたまた不動明王や阿修羅に比類する存在なのだ。

しかし取り巻きの陰陽師たちが「やっちまえ！」と囃したてている手前、尻尾を巻いて逃げだすこともできない。かといって真っ向からやりあっても勝算はないと踏んだのか、傍らにいた稲荷の首根っこをつかみ、盾にしようとする。

黒舞戒は興醒めしたような表情を浮かべ、こう言った。

「天狗の風上にもおけないやつだな。図体がでかいわりに肝っ玉は小さいのか」

「なんとでも言え、兵法がわからんガキんちょめ。しかし実際、この状況をどう切り抜けるつもりだ？　宮杵稲のやつも手をこまねいているうちに矢で射られたのだぞ」

「俺は人質なんざどーでもいいからまとめて吹っ飛ばす……と言いたいところだが、そっちは毒を食らって死にかけるような阿呆がなんとかしてくれたらしいぞ。やはりもうちょい乳を盛るべきだったのではないか？」

問いかけの意味がわからず、峨々法師は眉をひそめる。しかし直後――盾にしていた娘からぱっと炎が広がり、たまらず飛び退いた。

見ればか弱いはずの稲荷のあやかしから尋常でない妖気が湧きあがり、頑丈なはずの鉄製の首輪を片手で引きちぎっている。そこでようやく峨々法師も気づいた。人質として連れてこられたのは、化けていた宮杵稲だったのだと。

「今度そういうこと言ったら本気で怒るからね」

「娘に化けているときなら引っ叩かれても悪い気はしないがな。ともあれこれで形勢逆転よ。お前のことだからほかの人質についても手は打ってあるだろうし」

「なんだと……？　そんな馬鹿な」

宮杵稲はあごをくいと外に向ける。がさがさがさと、小さな動物の群れが走り去るような物音。それを追うものはいないようなので、人質を見張っていた陰陽師たちも抜かりなく昏倒させているのだろう。

つまりあとは峨々法師と、この場にいる取り巻きを成敗するだけ。旗色の悪さを察して陰陽師たちはわたわたと逃げだそうとするものの、障子戸にぱっと青白い狐火が燃えあがり、あっという間に退路を塞がれてしまう。

「雑魚は任せたぞ。天狗を名乗る不届きものは俺がこの手で成敗する」

「いや、ぼくにやらせろよ。前回の雪辱を果たさなきゃ気がすまない」

「ふざけたことを！　お前らのようなガキんちょなんぞ、この峨々法師様がまとめて塵にしてくれるわ！」

威勢よく啖呵を切った相手を見て、幼い天狗と狐は揃ってニンマリと笑みを浮かべる。さながらいたずらをする前のように。あるいは――面白そうな玩具を見つけたときのように。

静かな夜の村の静寂を、鶏のような悲鳴が切り裂いた。

その音量たるや凄まじく、山を越えた先の日光の地まで響き渡った。

首魁の峨々法師が成敗されると、残っていた陰陽師たちも散り散りになっていく。あの様子だと二度と戻ってくることはあるまい。むしろ根本には恐ろしく強いあやかしがいると、方々に広める一助になるやもしれなかった。

屋敷には酒宴の席で出される予定だった馳走がまだ残っていたので、ふたりはちゃっかりそれをつまむことにする。山ではあまり見ることのない姫飯（ひめいい）や焼き魚、蜜柑（みかん）や南瓜（かぼちゃ）、さらには笹（ささ）団子のような甘味まで。このときばかりはお互い憎まれ口を叩きあうのはやめて、無邪気な子どもらしく食事を楽しむ。

やがて庭のほうから物音がしたので、障子戸を開く。すると狐耳を生やした着物姿の子どもたちがずらっと並んでいた。

乳母らしき老婆の姿もあるから、礼を言うためにわざわざ戻ってきたのだろう。黒舞戒としてはなりゆきで助けただけであったが、同年代のあやかしたちに尊敬のまなざしで見つめられると悪い気はしない。

そう思ったのも束（つか）の間（ま）、

「宮杵稲サマ！　助けていただきありがとうございました！　あんな恐ろしいあやかしを

成敗しちゃうなんて、お美しいだけでなくお強いのですね！」

「嗚呼、なんと麗しきおかた……。宮杵稲サマのご尊顔を眺めているだけで、赤ちゃんが生まれちゃいそうですわ！」

「待て待て。俺だって助けてやったのだぞ。なんでそっちばっかり褒めるのだ」

「あ、家来のかたもありあとございやーす」

「違うっつうに！　これだから狐狸のあやかしは嫌いなのだ！」

地団駄を踏む黒舞戒を眺めながら、宮杵稲は「気品の差かな」とクスクス笑う。人質を直接助けにいった狐に比べて、天狗の活躍は稲荷の娘たちにまったく見られていなかったのだから、この扱いの違いは無理からぬことであった。

何度もぺこぺこと頭をさげながら稲荷の一団が去っていくと、その場には不満げな黒舞戒と穏やかに微笑む宮杵稲が残された。さて自分たちも帰るか、という空気になったところで、狐が懐から小さなものを取りだした。

精緻な花の彫刻が施された、銀の腕輪。黒舞戒が怪訝そうな顔を向けると、

「おかげで稲荷の連中に恩を売ることができた。下野からきた余所者のぼくはこういう後ろ盾が欲しかったのさ。そのお礼と言ったらなんだけど、お気に入りの腕輪を特別に譲ってあげよう」

「キラキラしたものをつけるなんて、なよっちいあやかしがやることよ。そういうのはお

前のほうが似合うのだし自分でつけるか売って金にするか好きにせい」

「だけど今のぼくには、ほかに差し出せるものがない」

断られるとは思っていなかったらしく、宮杵稲は耳と尻尾を垂らして見るからにしゅんとする。普段はつんとすましているくせに、たまにこうやってしおらしくなるのだから調子が狂ってしまう。感謝しているのは事実なのだろうし、プライドが高いだけになにか礼をしないと気持ちがおさまらないのかもしれない。

幼い天狗は頭をかいた。こういうときはどうすればいいのやら。

あれこれと考えたあげく、はっと閃(ひらめ)いたように顔をあげる。

「ならばたまに遊びに来い。居場所が見つかるまで山で暮らすことを許そう」

思っていたとおり、納得いかなそうな顔をする宮杵稲。黒舞戒は狐耳がついた頭をぐしゃぐしゃとかきまわす。うざったそうに手を払いのける相手を見てひと笑いしたあと、小さな翼を広げてばっと夜空に舞いあがる。

「――狐狸らしく、首輪をつけて飼ってやるからな。ありがたく思え」

頬をぺちっと叩かれて目を覚ました。

ペット扱いされたのが気に食わなかったのか。黒舞戒は寝ぼけた頭で考える。しかしまぶたを開くと目の前にいるのは狐の少年ではなく、くりくりとした瞳の、小さな女の子。ソファからむくりと起きあがったところで、可愛らしい声。

「りびんぐでねたらだめー」

「俺に指図するな小娘。まったく、狐パパの真似ばかりしおって」

馬乗りになっていた実華をひょいと抱え、おおきく口を開けてあくびする。先月くらいにカタコトで喋るようになったかと思えば、あっという間にお喋りなガキんちょになってしまった。相変わらず人間の成長というのは早すぎる。

それにしても……ひさびさに酒を飲んだせいか、ずいぶんと懐かしい夢を見た。あのころの可愛げをどっかに捨ててきた仇敵は、テーブルに散らかった皿やコップを片づけながらぶつくさと文句を言っている。

「ひとりにしたらすぐこれだからなあ。ぼくがいないと生きていけないのか？」

「家事はちゃんとやっていたぞ。昨日の夜だけハメを外しすぎたがな」

言いながら、窓の外から差しこむ日の光に目を細める。時刻を見ると午後二時。たっぷり半日以上は寝ていたらしい。宮杵稲たちは旅行から帰ってきたばかりのようだし、キッチンでお土産を広げつつティータイムと洒落(しゃれ)こもうか。

黒舞戒はTシャツにボクサーパンツというラフすぎる格好のままエプロンをつけると、

ルピシアで買ってきた烏龍茶を淹れる。お茶受けは宮杵稲たちが買ってきた浅草の芋羊羹と、昨日作ったばかりのねぎ味噌クッキーである。

「へぇ、意外とイケるねこれ。お酒のつまみに良さそうだ」

「ろくに飲めんくせにわかったような口を聞くな。なあ実華よ」

「なー？」

今度は天狗パパの真似をして胸を張る実華を見てひと笑い。こちらもクッキーが気に入ったようだが、食べるたびにぼろぼろとこぼすので拾うのが大変だ。昨日までの気楽な生活が嘘のように忙しいが、まあこれはこれで悪くない。

烏龍茶を飲んでほっとひと息したところで、

「実華もだいぶ外の世界に慣れてきたね。今回は東京の下町めぐりだったけど妖術のお漏らしもしなかったし。このぶんなら幼稚園とかも問題なさそうだ」

「それを聞いて安心したぞ。いずれは人間に預ける機会も増えるだろうからな」

「小学校とか、中学校とか……。あとは千代ちゃんみたいに高校とか専門学校とか。実華はいったいどんな子に育つかなあ。そのうち彼氏を連れてきたりして」

「あまり想像したくないな。露尾みたいなやつだったらぶん殴りそうだ」

宮杵稲はぷっと吹きだし、ぼくも殴るかなあと冗談まじりに同意する。今ごろあの河童の若者はゲームのガチャを引きながらくしゃみをしているに違いない。

いずれにせよ、これからすくすくと育っていくのだろう。

黒舞戒はしみじみとそう思ったあと、ぽつりと言った。

「そういえばガキのころの夢を見た。愛舎の顔とかひさびさに思いだしたわ」

「人里におりた雪女か。名前だけは前に耳にしたことがあるな」

「あのころはいいひとを見つけただのなんだの、さっぱり意味がわからなかったが……今ならなんとなくあやつの気持ちも理解できるような気もするぞ。人間というのは存外に面白いからな。家族になってみたいやつがいたのであろう」

「なるほどね。つまりそのあやかしが君の初恋の相手だったわけか」

「はあ？　なんでそうなる」

脈絡がなさすぎる言葉に黒舞戒が首をかしげると、宮杵稲は半笑いを浮かべながらリビングから酒瓶（さかびん）を持ってくる。

札に書かれた銘はかの霊酒、千夜一夜――だけではない。

ひっくり返して裏を見ると、

「夏季限定どきどき☆ピュアラブドリームコレクション。オトナに疲れたあなたに甘酸っぱい青春の思い出を。なんぞこれ」

「九里頭どのが経営している酒蔵のオリジナル商品だよ。飲めばひとたび最初に恋をしたときの記憶にトリップできるらしくて、評判は上々らしい」

……つまりパチモンってことじゃねえか。あのクソショタジジイ。

ご褒美(ほうび)どころか老妖の悪ふざけに付き合わされただけとわかって、黒舞戒は苦虫を噛み潰したような顔をする。

実華を育てろと命じられたときは揃って振りまわされた宮杵稲だったが、今回はあの御仁と同じような笑みを浮かべながら、からかうように聞いてくる。

「で、いったいどんな夢を見たんだい。まあお相手が人間と結ばれるオチはネタバレしちゃっているから、君がこっぴどく振られる面白エピソードになるのはわかりきっているのだけど」

「だから違うっつうに。雪女なんてちょいキャラだ。ちょいキャラ」

しかし否定すればするほど、宮杵稲は「またまたー」と言ってしつこく絡んでくる。まるで鬼の首を取ったかのようなテンションだが、黒舞戒としてはまったくそんな感じではなかっただけに戸惑うばかりであった。

確かに愛舎が社を去ったときは寂しくもあったが、だからといってあれが初恋だったとするとずいぶんと味気ないような気がする。そーいうのは千代に無理やり渡されて読んだ少女漫画のごとく、自分の在り方を変えてしまうほどの運命的な出会いなのではなかろうか。

いくら考えても心当たりがなく、天狗は酒に強いから効かなかったのだ、と心の中で結論づける。自分はただ目の前にいる阿呆と遊んでいただけで、初恋どころか甘酸っぱい思いをした場面すらなかったのだから。

――まあ、それなりに愉快ではあったが。

第三話

天狗と狐、海に行く

1

燦々と照りつける太陽。

八月も終わりが近いというのに、群馬の夏は厳しくなる一方。宮杵稲はぐったりとしたまま、先を行く実華を追いかけるだけで精一杯。花柄ワンピースで弾むように歩く姿は、さながら向日葵の妖精さんである。

子どもの成長は早い。親にできることといえば、悪い方向に行かないよう気を配るくらいである。それもうかうかしていると、すぐに間に合わなくなってしまう。

「しんでるー」

「ぼくはまだ大丈夫だよ。……って、蟬か」

汗で張りついた白Tシャツをぱたぱたとあおぎながら、実華の傍らで立ちどまる。色とりどりのタイルを敷き詰めた本町通りの歩道に、焦茶色の小さな生き物がころんと転がっている。蟬の一生は短いと思われがちだが、土の中にいる期間を含めれば虫の中では長いほうだ。彼らは彼らなりに生を謳歌し、自らの物語に幕を閉じたのだろう。

狐のデニムパンツにぎゅっと抱きついていた実華は、仰向けになっている蟬に手を伸ばそうとする。しかし次の瞬間、ジジジ……と起きあがり、矢のような勢いで飛びたっていった。今度は実華のほうがこてんと転がり、目を丸くする。

「おのれー！　ふざけやがってー！」

「天狗パパの真似はやめなさい。びっくりしたのはわかるけど」

「いきてたなー。やりおるなー。はっはっはー」

興奮しているせいか、キッズの口は一向にとまらない。覚える言葉はどんどん増えて、そのうえどれも耳馴染みがあるものばかり。こんな調子だから最近は天狗とうかつに口喧嘩すらできない。もっともそれはある意味、よい変化なのかもしれないが。

宮杵稲はうだるような暑さの中で、ぼんやりと考える。この子はこれからどんどん先を行き、いずれは追いつくこともできなくなるだろう。あやかしと人では時の流れが違うのだから、今からそれを憂いたところで意味はない。ならばこそ今飛びたっていった蝉のように、天から定められた生涯を力強く謳歌してくれることを願うばかりである。

そう、天寿を全うするのは、ただそれだけで得がたいことである。

無病息災、安全第一――古くから人々は縁起を担ぎ、万事が平穏に過ぎることを祈ってきた。医療が発達する以前はもちろん、現代の社会においても日常の中には危険な落とし穴がいくつも隠れている。ゆえにちょっとしたボタンのかけ違いで、地獄の淵まで転がっていかないともかぎらないのだ。

宮杵稲たちは決して、油断していたわけではなかった。

だとしても、落ちるときは落ちるのである。

屋敷に戻ってくると、黒舞戒が庭でシュコシュコと黄色い物体に空気を入れていた。黒タンクトップにラルフローレンのスイムショーツという格好で、宮杵稲と実華の顔を見るなり真夏の太陽のごとく暑苦しい笑みを浮かべる。

「よおし準備ができたぞ。さあ泳ごう！」

「えー、やだ」

「なにをやっているかと思えば、いつのまにビニールプールなんて買ったのさ……。しかもめちゃくちゃでかいし。ネット通販でまた無駄遣いしやがって」

まさかの大不評。実華も喋るようになったのと同時に自我らしきものが芽生えたのか、最近ははっきりと意思表示する。女の子らしく髪が伸びてきたことも相まって、天狗の提案をむっつりと拒否する様は高飛車なプリンセスである。そのうえ気分屋で行動が読めないところがあり、ふたりのパパのダメなところをしっかりと備えた性格になっている。

とはいえ根っこは素直で好奇心旺盛な女の子。天狗パパが寂しそうにひとりでちゃぷちゃぷと浮いていると、やがて引き寄せられるようにしてプールへ向かっていく。

宮杵稲はその間、散歩から帰ってきたばかりのキッズが脱水症状にならないように、屋敷からペットボトルと水筒を持ってくる。こういうところは身体が丈夫な天狗だと無頓着になりがちなので、狐のほうでよく見ておく必要があるのだ。

自分も喉が渇いていたのでよく冷えたコーラをごくごくと飲み、アンティークのガーデンベンチに座ってやんちゃなキッズたちを眺める。相変わらず黒舞戒のほうがよっぽど楽しそうだ。実華のほうが遊んであげている、という感じになるのだから滑稽である。熱中しすぎる前に手招きし、ベンチに置いてあったタオルを天狗に、実華には水筒を渡して休ませる。その間、自分もタオルを取って我が子の髪をわしわしと拭いてやる。

「あれ、首筋のあたりに汗疹ができている。髪が伸びてきたからか」

「お前のような飾り身ではないからな。肌が荒れるくらいよくあるだろ」

「こういうところはやっぱり人間の子どもだなあ。あとで薬を塗っておくとして……髪の毛のほうもちょっと短くしたほうがいいかもね」

ハサミで切る真似をすると、実華はうえっと嫌そうな顔。宮杵稲としても今の可愛さが損なわれるのは惜しい。だが、汗疹がひどくなるよりはマシだろう。

というわけでプール遊びは急遽、断髪式に。こういうときのために買っておいた専用のハサミと散髪ケープを庭に持ちだし、手先が器用な狐がチョキチョキとカットしていく。最初は嫌がっていた実華もリズミカルなハサミの音を聞き、頭が軽くなり首もとがすっきりしてくるとテンションが上がってきて、くすぐったそうにケラケラと笑いだす。

狐としてもやってみると存外に楽しく、しかも我ながら上出来といえる仕上がりになった。横で見ていた天狗も感心したように、

「プリンセス感が薄れたとはいえ、これはこれでアイドルみたいで悪くないな。どんな髪形でも美少女は美少女。モヒカンとかアフロでもイケるかもわからん」

「実華を使って遊ぶのはやめろ。ていうか君のほうも雑草みたいに伸びっぱなしで暑苦しいな。ぼくみたいに毎日手入れするならともかく、いい歳こいたあやかしが無造作ヘアなんて痛々しいとは思わないのか」

「お前こそ急にディスってくるのをやめろ！　家事に育児に忙しくてそれどころじゃないのだから仕方ないだろ。文句があるならお前が切ってくれ」

「ええ……。今度はこっちのキッズの断髪式かよ……」

面倒くさいことこのうえないが、難癖（なんくせ）をつけた手前やらざるを得ない。アイドルのパパにふさわしい爽（さわ）やかルックにしてくれ、という要望は鼻で笑って無視して、天狗のうねうねと癖がついたナチュラルパーマを悪戦苦闘しながらカットしていく。案の定実華よりもよっぽど落ちつきがなく、髪の毛をかきわけるたびにじたばたと動きだすから手に負えな

い。

「だあもうっ！　くすぐったいわ！　わざとやってんのかいやらしいやつめ！」

「んなわけないだろ！　手先が狂って切りすぎたら困るのは君のほうなんだから、ちょっとの間くらいじっとしていろよ。まったく……艶があってきれいなのにほとんど手入れしてないんだからなあ。今後は君のほうも注意して見ておかないとダメかもしれないね」

「てんぐだからなー。めんどいよなー」

　隣で眺めていた実華にまでダメ出しされている。実際はパパたちの真似をしているだけなのだろうけど、そのうち本当にディスりだすのではなかろうか。愛娘に正面切って叱られる天狗が見てみたくないかといえば嘘になるが、自分に矛先が向く可能性だってゼロではない。自己主張が強い子に育つ片鱗は、二歳にして見え隠れしているのだから。

　ともあれ、苦労の甲斐あってふたりともすっきり。真夏の子役アイドルと爽やかクリーンパパの爆誕である。手鏡を持ってきて見せてやると親子揃ってケラケラと笑い、髪の毛を流すついでにビニールプールにダイブする。

　そして実華を掲げて直立すると、天狗は照りつける太陽にこう宣言した。

「行くか……！　海に！」

「例によって急だな。でもまあ夏もそろそろ終わるし、屋敷にいるよりいいか」

数日後の朝。屋敷のガレージにはど派手なオープンカーが配備されていた。

白いロールス・ロイスのドーン。

群馬はおろか都内ですら滅多に見かけないセレブ御用達の超高級車である。

「行くと決めたらお前も行動が早いよな。どっから持ってきたんだこんなもん」

「九里頭どのから譲ってもらった。せっかくの海なら風を感じたいだろ」

ピカピカの車体に手のひらを押しつけようとする実華を、さっと制止する。表の世界で実業家として成功をおさめている宮杵稲からしても、なかなか気合がいる買い物だったのだ。つまりそれだけ、今回の旅行にノリノリなわけである。

目的地は鎌倉。二泊三日。スケジュールの都合があったため、露尾と千代、それからスペシャルゲストの沙夢が現地で合流することになっている。

黒舞戒は当然テンションを上げており、髪の毛をオールバックにしてサングラスをかけている。赤のアロハシャツにベージュのショートパンツと、見ためは完全にチャラいサーファーだ。

宮杵稲はもうちょいキレイめな格好で、紺のリネンシャツにくるぶし丈の白いスラックス。普段は流している長い髪を後ろに結んでいて、白いうなじや襟もとからのぞく鎖骨が夏の解放感を演出している。

実華は麦わら帽子に白のワンピース。これで髪が長いままであれば完璧なお嬢様スタイルだったが、ショートカットでも活発な雰囲気があり可愛らしかった。

そんなわけでなにかとかたちから入りがちな黒宮家一行は、往年のロードムービーさながらのスタイルでオープンカーに乗りこんだ。さすがはロールス・ロイス。ホテルのソファに座っているようだと、手に入れたばかりの玩具の感触にほくそ笑みながら、宮杵稲はエンジンをかける。

高崎から鎌倉まで向かう場合はまず関越自動車道にのる。花園アウトレットに行ったときは距離が短いため使わなかったが、渋滞さえなければオープンカーをかっ飛ばして大体二時間半くらいで着く計算である。

朝早くに出たため途中で上里サービスエリアに立ち寄り、旅行前の腹ごしらえ。こういうところでモーニングメニューをいただくのは特別感がある。結局いつものスタバのコーヒーとサンドイッチを選んだのに、なぜかテンションがあがってきてしまう。

普段クールな宮杵稲が早くもこんな感じなのだから、黒舞戒と実華のはしゃぎっぷりは天を衝く勢いだった。国民的人気のパン人間アニメのテーマソングを流すと、高速道路で風をビュンビュン切っているオープンカーの車内でお姫様と天狗パパは拳を振りあげながら熱唱する。

出だしからこんな調子で一日もつのだろうか……。そんなふうに呆れていると案の定、圏央道の長いトンネルに入ったあたりで電池が切れて静かになった。天狗も「昨日はワクワクしすぎて眠れなかった」と遠足前の小学生みたいなことを言っていたので、実華の隣で口を開けてぐーすか寝息を立てている。藤沢インターチェンジを下りて沿岸沿いの道に進み、青い海がすぐそばに迫ってくるまでの間「ほら海だよ海！」と声をかけているのに、狐はひたすら無視されることになった。

結局ふたりは鎌倉市内のホテルに到着したところで目を覚ました。親子揃ってスイートルームのバルコニーから七里ヶ浜の絶景を眺め、

「うみだー！」

「こうして直に拝むのは何百年ぶりだろうなあ。それはともかく、なんでお前はそんな不機嫌そうな顔をしておるのだ？」

「……別になんでもないよ。君たちはつくづくマイペースだなと思っただけで」

せっかくだから同じタイミングで感動を味わいたかった、とは口が裂けても言えない。

宮杵稲も案外、そういう子どもっぽいところがある。

◇

　ホテルにチェックインしたあとは、露尾たちと合流するべく鎌倉駅へ。徒歩で向かうには遠いのでタクシーを使い、実華を挟んで車窓から市内の景色を眺める。

　古都らしく道は狭く入り組んでいて、観光客向けの人力車もちらほらとあった。大正あたりまではよく乗っていたので珍しがるほどのものではないが、宅配トラックやいかついバイクと並んで車道を走っている姿を見ると不思議な気分になる。信号待ちの間に実華が指さすと、白のTシャツに腹掛けをまとった車夫のお兄さんが笑顔で手を振りかえしてくる。

　そうこうしているうちに、特徴的な三角屋根の駅舎が見えてきた。タクシーから降りると、改札口を出たところで手を振ってくる千代の姿が目に入る。ピンクのキャミソールに薄手の白シャツ、デニムホットパンツというギャル全開の格好だ。露尾も同様にパリピ感があり、黒のロックTシャツにタイダイ柄のサーフパンツ、ツバがクリアー素材の赤いキャップにハート型のサングラスまでかけている。

「あいつら、はしゃぎすぎではないか……」

「アロハシャツ着て言うことじゃないだろ。それよりも沙夢がすごいな」

宮杵稲がコメントを漏らすと、黒舞戒も苦笑いしながらうなずく。今回はじめてレジャーに参加する由緒正しい稲荷のお嬢様は、完全にパリピ勢に同化していた。肩が露出した黒タンクトップにバーバリーのタイトミニ、足もとは超ロングな革ブーツである。

彼女は顔を合わせるなりクソ真面目な顔で、

「若いかたがたとごいっしょするので、舐められないよう気合を入れてきました」

「あむらーだ。あむらー」

「ちょっと待って。実華はなんでそんな言葉を知っているの……？」

トレンドからズレまくっているかと思いきや、一周してむしろ今っぽさがあるから人の世の変化は凄まじい。道中で意気投合したらしく、稲荷と河童と千代はチャラい大学生のごとく駅前の景色をパシャパシャと撮っている。

狐はパンと手を叩き、修学旅行の教師さながらに一同を先導する。小町通りの入り口に真っ赤な鳥居が立っていてよく目立つが、これから向かうのは鶴岡八幡宮とは真逆の由比ガ浜海水浴場。人通りが多く距離もあるため、黒舞戒がよいしょと実華を肩車する。

いったん右折すればあとは直進するだけなので、迷うことはない。車道と車道の間にどんと立つ石の鳥居を遠巻きから眺めつつ、さらに進んでいくと建物が減り一気に空が広くなる。交差点の先に白い砂浜が見えてくると、一同の足並みは自然と速まっていった。

群馬の民は海に縁がない。宮杵稲も都内に出勤してこそいるが、レジャー目的で海に足を運んだことは六百年の間一度もなかった。夏休み真っ最中のわりに由比ガ浜は懸念していたほど混んでおらず、子連れであっても海水浴を満喫できそうだ。

しかしいざビニールシートを広げて陣を張ろうとすると、周囲にわらわらと日焼けしたパリピたちの群れが集まってくる。普段ならもうちょい遠慮があると思うのだが……夏で海、という特殊な環境が距離感をおかしくさせるらしく、手をこまねいているうちにライブ後のアイドルさながらに囲まれるはめになってしまった。

ビールにコーラ、焼きそばにカレー、次々と集まる貢ぎもの。宮杵稲と黒舞戒はもちろん沙夢の人気が凄まじく、いったん海の家の更衣室で真っ赤なビキニに着替えて戻ってくると「おおおーっ！」と歓声があがる。海を割ったモーゼかハーメルンの笛吹き男のごとき有り様で、むさ苦しい男どもを引き連れて砂浜の向こうに消えていった。

それで人の波が減りようやく海水浴ができるかと思いきや、地元住民らしきタンクトップの小学生たちが顔を見合わせてこう言った。

「泳ぐつもりなの？　やめたほうがいいよクラゲいるし」

「なんだって……」

普段はクールな宮杵稲も動揺を隠せなかった。

時期は八月の後半、お盆をすぎたころ。海水の温度が上昇しクラゲが大量発生することがあるのは、海に慣れた者からすれば常識だろう。しかし一同は例外なく群馬県民。クラゲと聞いて連想するのは、妙義ナバファームのきくらげくらいのものである。

「どうしよ。泳げないなら来た意味ないじゃん」

「沙夢の姉御みたいに水着撮影会やるわけにもいかないっすしね……」

「ぱーぱ。みかたち、うみできないのー？」

「そうは言っても刺されたら危ないからなあ。妖術で追い払うことならできなくないけど、ぼくらの都合でそんなことしたら水妖たちになんと言われるか」

ただでさえ、最近はいらぬ注目ばかり浴びているのだ。みだりに力を使えばナワバリ荒らしとみなされかねない。しかし千代と露尾はさておき、実華は理屈で諭したところで通じなそうである。前日に海遊びの動画を見せて期待感を煽ったのが仇となり、今にも渦潮を引き起こしそうなふくれっ面を浮かべている。

宮杵稲は困って相方の顔を見る。

海に縁がなさそうな天狗はうーんと首をひねったあと、

「んじゃ江ノ島のほうに行くか。あそこなら俺のプライベートビーチがあるし」

沙夢に連絡すると「あとから合流する」と言うので、最寄りの長谷駅から江ノ島に向か

う。

　鎌倉名物として知られる江ノ島電鉄はピーク時の通勤電車並みに混みあっていて、しかもガタガタと揺れまくるため景色を眺める余裕すらない。ところが鎌倉高校前駅にさしかかると千代が「聖地聖地！」と窓の外を指さし、露尾も「あそこで花道が！」と騒ぎだした。

　なにかすごいものでもあるのかと思い背伸びしてのぞきこむも、ごく普通の踏切があるだけである。狐が首をかしげていると、天狗まで「スラムダンクも知らんのか」と呆れた顔を向けてくる。よくわからないが自分だけが蚊帳の外にされているようで釈然としなかった。

　電車を降りたあとは地下道を使い、ひとまず片瀬東浜海水浴場に足を運ぶ。こちらは遠浅の海が特徴で、家族連れや釣り人が多く由比ガ浜よりも落ち着いた雰囲気がある。しかし道ゆく人にたずねるとやはり最近はクラゲが多く、泳ぐのはおすすめしないという話であった。

　これではわざわざ由比ガ浜から移動した意味がない。それにプライベートビーチとやらはどこにあるのか。宮杵稲がたずねると、そんなおしゃれでセレブな代物とは縁がなさそうな天狗は、我が子を肩車したままこう答えた。

「山の化身仲間の五頭龍くんに譲ってもらったのだ。元々はカノジョの弁財天の所有物件だったらしいが、ふたりとも海で遊ぶほど暇ではなくなったとかで」

「待って天狗ちゃん。いきなり情報量が多いんだけど」

「五頭龍ってことは……もしかして江島縁起っすか？　天狗の兄さんってさりげに交友関係めちゃ広いっすよね」

ツッコミを入れる千代に、なにやら訳知り顔の露尾。河童も一応は水妖なだけに、海のあやかしの情報については精通しているようだった。

黒舞戒に話を聞くだけでは要領を得ない。狐はくいとあごをあげて露尾に説明をうながす。五頭龍とは、江ノ島誕生の伝承に登場するあやかしだという。

いわく――。

昔々、鎌倉の深沢に巨大な湖が存在し、五つの頭を持つ龍が住んでいた。五頭龍は山を崩し洪水を招き、目に見えるものすべてを破壊し疫病を流行らせるような、悪行のかぎりを尽くすあやかしであった。

しかしあるとき地震が起こり、海の底から小さな島が現れた。その浜辺に美しい天女、弁財天が舞い降りたのである。

五頭龍は美しい天女の虜になり、結婚を申しこむ。ところが弁財天はそれを拒否し、悪行をやめるよう諭した。惚れた弱みから五頭龍は彼女の言うことを素直に聞き、その後は台風や津波を防いで人々を守るよいあやかしになった。

相手が改心したのを見た弁財天は結婚を受けいれたものの、力を使ううちに五頭龍は弱っていき、最期は近隣の村々を守るために山と化したという。

天女が降り立ったのが現在の江ノ島。五頭龍が変化したのが藤沢市片瀬にある龍口山。

というのが、露尾が語った江島縁起のざっくりした内容である。

力を振るって暴れまわっていたあやかしが、ひとつの出会いをきっかけに改心する――

そんな経緯は、今の黒舞戒を彷彿とさせる。となれば弁財天にあたるのは実華だろうか。

身を焦がすような恋ではないものの、長年の孤独を癒すほどの愛ではあったのかもしれない。

「俺はどうも昔から同族である天狗連中とはウマが合わなくてな。その点でいうと山の化身仲間の五頭龍くんはめちゃくちゃいいやつだった。冗談も通じるし馬鹿なことをしても笑って許してくれるし、なんか困ったときには相談に乗ってくれるしで、向こうもなんか後輩ができたとか言って可愛がってくれたからな」

「へえ……。黒舞戒サマにも兄貴分にあたるあやかしがいたんすね。それはさておき宮杵稲サマがものすごい形相してますけど大丈夫です？」

「天狗ちゃんが自分の知らないマブダチの話するからモヤついたんでしょ。狐ちゃんってほんとピュアな性格をしているよね」

「違う！　勝手に変な妄想して代弁するな！」

顔を真っ赤にして反論する宮杵稲。しかし千代は「はー暑い暑い」とわざとらしく手をパタパタして煽ってくる。近ごろは輪をかけて生意気になっていて、狐にとってはある意味もっとも扱いづらい小娘である。

それはさておき。五頭龍と弁財天が逢瀬（おうせ）に使っていた浜辺が今は黒舞戒のものになっているため、江島神社にある幽世の入り口まで案内するとのことだった。

なら最初からそう言っておけよ……とは思うものの、一行は弁天橋をとおって江ノ島本土へ向かう。道すがらテイクアウトで名物のしらすグルメを買いこみ神社の境内（けいだい）へ。

ここで祀られているのは三姉妹。みな弁財天と呼ばれているためややこしいが、五頭龍くんのカノジョは泰安殿に祀られている妙音弁財天だという。芸道上達のご利益がある天女とのことで、千代と露尾がなぜか真剣な表情で「目指せ武道館ライブ」とお祈りする。

境内にはほかにも展望灯台やら江ノ島岩屋やらの観光スポットがある。とはいえ目的は海水浴なので寄り道はせず幽世の入り口へ。境内の最奥付近にある龍恋（りゅうれん）の鐘を、天狗が人払いの術をかけたあとでカーンと鳴らす。

すると次の瞬間――眼前に鮮やかなオーシャンビューが広がっていた。

きらきらと光るきめ細かな砂浜。青々とした海と空。背後には断崖絶壁（だんがいぜっぺき）と生い茂る緑。

幽世だけあって人の手がまったく入っておらず、現世の海よりずっときれいで澄んでいるように見えた。

「うわ、すっご！　マジでプライベートビーチじゃん！」

「ビーチパラソルにチェア、バーベキュー用のコンロまであるじゃないっすか。海の感じはまんま江ノ島なのに人がいなくてガラガラだし、幽世の中だから騒いで飲んで遊んでも文句は言われない。ハメ外したいときにはマジ最高っすね」

「ゴミの処理とかはちゃんとやれよ。海のあやかしや弁財天は行政よりよっぽど容赦ないからな。具体的には全身にフジツボが生えて死ぬ」

「かみさまはこわいなー」

ひっ！　とビビる千代たちに、黒舞戒は意地の悪い笑みを向ける。そのあとでアロハシャツを脱いで半裸になると、どこから出したのか半魚人が持っているような巨大な銛を構えた。みなが目を丸くしながら見つめると、

「バーベキュー用にちょっくら食材を確保してくる。ここならクラゲはいないと思うがたまに海坊主やクラーケンが出るからな。なんかあったら俺を呼べ」

言うなりシュタッ！　っと、海にダイブ。

ビーチに着いて早々、自由すぎる振る舞いである。

「……黒舞戒サマだけ異様にアウトドアスキル高くないっすか。無人島に漂着しても普通

に生き抜いていけそうな勢いだったっすよ」

「川や湖で遊び慣れてるからなあ。あいつが戻ってくるまでにぼくがバーベキューの準備をしておくから、ふたりは実華の面倒見ながら遊んでいなよ」

パリピコンビとキッズは元気よくはーいとお返事。千代はギャルっぽい白のビキニ、露尾はパタゴニアのボードショーツ、実華は可愛らしい黄色のワンピース水着に着替えて波打ち際できゃいきゃいと遊びだす。宮杵稲はその間にコンロをセットし、ビーチに備わっていたテーブルにテイクアウトした料理を広げておく。しらすパンにしらすコロッケ、串もちにポキ丼——調子に乗って買いすぎたかなと思っていたところで黒舞戒が戻り、獲りたてのほたてやはまぐり、イカなどをどんと置いていった。食べきれるかどうか、なんて考えるのが馬鹿らしくなるような量である。

そうこうしているうちに沙夢から連絡があったので天狗が迎えに行き、狐は千代、露尾、実華を呼び戻してバーベキューをはじめる。炭や串、カット用の包丁や鋏などは最初からビーチに置いてあったし、五頭龍くんとやらもパリピなのかもしれない。着火剤は狐火を使うので不要である。網でこんがり焼いていくと、海の幸の香ばしい匂いがビーチに漂いはじめた。

味見ついでにほたてをひとつつまむと、口いっぱいにとろけるような甘味が広がった。なにもつけなくても塩気は問題なく、海の香りが鼻腔をすうっと抜けていく。宮杵稲の表情を見た露尾たちはじゅるりとよだれを垂らし、我先にと箸をつけはじめる。その姿はまるで飢えた狼のようだった。

「やばい！　うますぎて語彙を失う！」

「最近どこもバーベキューやらは厳しいっすから、漁師さんでもなけりゃこんなふうに食べられないっすよね。今日ばっかりは天狗の兄さんのコネに感謝っす。実華ちゃんにはしらすパンとか食べさせてあげたほうがいいっすか？」

「最近は色々と食べられるようになったし大丈夫だよ。ただ噛む力はまだ弱いから、小さくカットしてからじゃないと危ないかな。いやでも、しらすパンとかコロッケも意外とイケるなあ。中に入ってるチーズとめちゃくちゃ合う」

「ほんとだ、これも激ヤバ。家でも再現できそうだし今度作ってみるかな。天狗ちゃんが前にねぎ味噌やったみたいに、クッキーにしても美味しそう」

「そのままでも全然イケちゃいますけど、こうなってくるとやっぱバターとか日本酒欲しくならないっすか？　とくにはまぐりは絶対酒蒸しっすよ」

「あいつが沙夢を迎えに行ってるし、買ってこれるか聞いてみるか……げ」

スラックスのポケットから携帯端末を出し、硬直する宮杵稲。それを見て一同は不思議そうな顔をする。やがて狐はめちゃくちゃ嫌そうな声で、

「ここいらの地元のあやかし連れてくるって。なんか町で意気投合したらしい」

調子に乗って誘いまくるあたりは実に天狗。今回は家族水入らずという雰囲気ではなかったものの、せっかくのプライベートビーチなのだから見知った仲間だけで楽しみたかったのに。

しかしちょっとだけ、安心するところもあった。

——知らないうちに交友関係を広げられるよりは、今のほうがよっぽどいい。

そんなふうに感じているあたりは、実に狐らしいともいえるのだった。

「君さあ、集めるだけ集めておいて収拾がつかなくなったらぼくに丸投げしてくるのやめろよ。けんかの仲裁やらゴミのあとかたづけやら、鎌倉まで旅行に来といてなんで場の仕切りでヘトヘトにならなくちゃいけないのさ」

「終わったあとでぐちぐち言うな。お前だって飲み食いしながらはしゃいでおったし、実華もタコさんとか人魚さんと遊べて楽しかったよなあ？」

「そーねー。けんかしちゃめよー」

ホテルに戻ってきたあと。さっそくビーチでの不満をぶちまける宮杵稲に、黒舞戒は我が子を盾にして逃げきろうとする。なんだかんだで狐も楽しんでいたことは事実だし、実華の前で口論するのは避けたいところである。頭を冷やすためにふーと深呼吸していると、天狗がしたり顔でこう言った。

「地元の連中を誘ったのはなりゆきだが、これで鎌倉のあやかし界隈にも実華の存在が知られるようになった。顔も見たことないガキんちょならどうなろうと知ったことではないだろうが、一度でも食卓を囲めば情だって移るというもの。日ごろからこうやって親睦を深めておけば、いざというときにこの子の味方になってくれるやもしれぬだろう」

「相変わらず天然なんだか打算的なんだかわからないやつだな。ていうかぼくの怒りの矛先を避けるために後づけで理由を考えてない？」

「バレたか。まあ俺もあとから、お前に悪かったかもなあと反省はしたのだ。テンションがあがってくると家族水入らずとかプレミアム感とか、そういうのをつい忘れがちになる」

　宮杵稲は眉間にしわを寄せる。そうやって急に素直になられると、自分のほうがワガママを言っているみたいになってしまうではないか。

　いったん気持ちを切り替えるべく、備えつけのバルコニーに出て海を眺める。鎌倉でも屈指の高級ホテルの、ロイヤルスイート。天気によっては富士山まで見えるらしいが、雲が出てきているため確認できなかった。それでも夕焼けに染まっていく相模湾は圧巻のひとこと。こういう景色をゆっくりと楽しめるのが、旅行における一番の醍醐味だろう。

「なあ、紙おむつの替えはバッグのどこに入れたっけ。実華が漏らしておるわ」

「現実に引き戻されるなあ……。この際だしシャワーできれいにしちゃおうか」

というわけで親子揃ってバスルームに直行。実華は幼いうえに女の子なので、大浴場よりはこちらのほうが気を使わなくて楽である。さすがにロイヤルスイートとあって屋敷の風呂場よりずっと広く、長身の男ふたりとキッズで乗りこんでも手狭に感じることはなかった。

磨きあげられた真っ白なタイル。浴槽はマグカップを巨大化させたようなモダンなデザインになっている。スイッチを入れると湯船にブルブルと細かい泡が立ちはじめ、説明書きを読まなくても美容によさそうなのがわかった。

ひとまず紙おむつを処理したあとの実華をピカピカのツルツルにしてから、黒舞戒にひょいと預けて自分も身体を洗うことにする。ロイヤルスイートとあってアメニティはどれも高級感が漂っており、狐が普段使っているボディソープやシャンプーと比べても遜色がなく満足度が高かった。

実華がきゃいきゃいと子犬のようにはしゃぐ中、黒舞戒が「だあー……」と野太い声をあげるので笑ってしまう。日中あれだけ遊びまわったら身体の疲れに湯が染みるだろう。

そう思って振り返ると、相手はいつも以上に日に焼けた顔でにっと笑った。

「実華もお前もいい匂いがするな。俺もそれで洗ってくれ」

「嫌だよ。気色悪い」

「いつだか背中を洗ってやったではないか。たまにはご主人様にサービスせい」

返事の代わりにスポンジを投げつける。しかも初のホテルでバスルームということで無駄にテンションがあがっているのか、洗え洗えと尻を振りながら近寄ってくるので、過去イチでうざったかった。このまま拒否したらしたで、またへばりついてきてこっちの背中を洗おうとしそうである。仕方なくバスチェアを譲り、背中をごしごしと擦ってやる。

「ほうほう、よいではないかよいではないか」

「ふざけてばかりいるとそろそろぶん殴るぞ。しかし本当に君はこんがり焼けているな。普段から鍛えているわけでもないのに無駄に筋肉ついているし」

「家事に育児に忙しい身だからな。実華だって天狗パパのほうがマッチョでかっこいいと思っておる……って、痛！　どさくさにまぎれて脇腹をつねるな！」

我が子と同じくピカピカのツルツルにしてやったところで、仕上げに背中をぱちんと叩く。そのあとは実華を膝に乗せ、三人で湯船に浸かった。

間取りとしてはバルコニーの真横なので、ガラス戸の向こうに広がる夜の海を一望できた。旅の疲れが溶けていくのを感じつつ、狐はぽつりと呟く。

「毎年来てもいいかも、海」

「ああ、俺も気に入った。プライベートビーチなんて持っていることすら忘れていたが、こんなことならデートとかでもっと活用しておけばよかったわ」

「相手もいないくせになに言ってんだか。実華だってそう思うよねー」

「なかよしだからなー。ぱぱとぱぱー」

膝のうえでちゃぷちゃぷ泳がれながらそう言われたので、宮杵稲は思わず顔をしかめてしまう。しかし黒舞戒のほうがしみじみと「まあな」と返したので、今度はどんな反応をするべきかわからなくなってしまう。

バルコニーに顔を向けて黙りこんだのち、やがて狐も観念したように言った。

「そうでもなきゃ、六百年も付き合ってられないからね」

口にしたあと、お互いにふっと笑う。

海を眺めていると、いつもより素直になれるのかもしれない。

家に帰るまでが遠足です、という言葉がある。
旅行でリフレッシュするのはいいことだが、最後まで気を緩めることのないように——大人になったあとでもそんな戒（いまし）めとともに語ることのできる、教訓のひとつだろう。
宮杵稲たちにとって鎌倉旅行は、実華と暮らしはじめた中で最良といってもいいような時間だった。しかし家族アルバムとして振り返ってみると、最後に起こったイベントの印象が強すぎて、和気あいあいと過ごしたときの思い出はほとんど塗りつぶされてしまっている。

何事も、悪いことのほうが残るものである。

普段は神経質な宮杵稲も、当初は異変に気づいていなかった。

鎌倉旅行の二日目は、小町通りの食べ歩きや鶴岡八幡宮の参拝を楽しんだ。

千代たちは一足先にその日のうちに帰り、翌日。宮杵稲たちはホテルのチェックアウトを済ませる前に、朝食バイキングに行くことにした。

中のレストランに足を運ぶスタイルなのだが、窓の外に広がるオーシャンビューが実に見事で、料理よりもまずそちらに視線を釘づけにされてしまう。

といっても来るのは二度目である。宮杵稲は昨日の朝に食べすぎた反省を踏まえ、クロワッサンとサラダとオレンジジュースだけを選んで席につく。黒舞戒は和洋取り揃えたビュッフェをひょいひょいとつまみ、お皿を山盛りにしながら実華を挟んで隣に落ちつく。

ソーセージにフライドポテト、パンケーキにエッグベネディクト、名物のしらすや海鮮を盛ったどんぶり、極めつけはヨーグルトにフルーツまで。わざわざ一度に持ってこなくていいのに、とツッコミを入れたくなるほどの欲張りっぷりだ。

実華に食べさせるぶんもあるし、大食漢の黒舞戒なら問題なく食べきれるだろう。そう思いながらフライドポテトの塩を少し払い、我が子の口に運ぼうとしたところで、狐はようやく違和感を抱いた。

いつもの調子なら「たまご」だとか「おいも」だとか催促するヤンチャなキッズが、今朝はやけにおとなしい。食欲もなさそうで、スプーンを握ったままじっと固まっている。心なしか顔が赤いような……と考えた次の瞬間、はっとして小さな額に手を当てる。

熱い。

子どもの体温は高いといっても、これはあきらかに異常だ。

宮杵稲の険しい表情を見て、黒舞戒もようやく我が子の様子がおかしいことに気づく。すぐさまフロントに行って体温計を借りてくると、三十八度を超えていた。呼びかけには応じるので意識ははっきりしていそうだが、風邪以上の悪い病気を抱えているかもしれない。そもそも高熱の時点で、早めに処置しなければ後遺症だって残りかねない。

「どうしよう。早く救急車を呼ばなくちゃ」

「待て、実華を普通の医者に診せるのは危ない。意識がぼんやりとしたまま妖術を使ったらどれほどの騒ぎになるかわからんし、その間に悪化したら元も子もないぞ。俺が抱えて飛べば、ここから高崎だろうと十分程度しかかからん」

「なら……君に任せる。九里頭どのが経営している病院の場所はわかるよな」

黒舞戒が力強くうなずいたので、祈るような気持ちで我が子を預ける。こういうときこそ頼りになる天狗は人払いの術をかけると漆黒の翼をばっと広げ、実華をしっかりと抱きかかえたままバルコニーの外から飛び立っていった。

宮杵稲はお皿に盛った料理をそのままにして場をはなれると、震える手でホテルのチェックアウトを済ませた。荷物を車のトランクに入れエンジンをかける間も心臓はばくばくと鳴りっぱなしで、発進する前にハンドルに頭をつけてうめき声をあげてしまう。

実華が体調を崩したことはこれまでにもあったが、今回ほど深刻なケースは経験したことはない。なぜよりにもよって出先で……と嘆きかけたところで、旅行に来たから熱を出したのかもしれないと考え直す。

幼い子どもの身体にリミッターはない。体力が尽きるまで遊んだあと電池が切れたようにころんと眠る、の繰り返しである。無茶していないか疲れていないか、逐一様子を見て体調を管理するのは親の役目だ。

しかし最近の行動を思い返してみると、家族サービスだと理由をつけて遊びまわっていたわりに、実華の様子に気を配っていたかとなると自信がない。楽しいのは親たちだけで、子のほうは連れまわされて疲れていたのではないだろうか。

考えれば考えるほど後悔が押し寄せ、どんどん不安になっていく。オープンカーをかっ飛ばして高崎市にある九里頭お抱えの病院の駐車場にたどり着き、携帯端末にメールで『大事なし』と届いているのを確認したときは、思わず運転席で泣きだしそうになったほどだった。

病室に足を運ぶと、穏やかに寝息を立てている実華と、椅子に座りそれを眺めている黒舞戒がいた。心底ほっとしたような、あるいは今にも叫びだしそうな、どちらともつかない表情を浮かべている。無言で手をあげると、

「薬を飲ませて熱が引いたからひとまず大丈夫、らしい。暑い時期だし身体が弱っているようだからしばらく外に出すな、と釘も刺された」

「そっか。やっぱり連れまわしすぎたのかな」

「あまり気に病むな、といってもお前の場合は難しいか。あやかしと違って人間は弱いからな。そのうえ子どもなのだから、たまにはこういうこともある。親がいくら注意を払ったところで、すべてを防ぎきることなどできるはずがなかろう。怪我や病気を恐れるあまり家に引きこもらせてばかりいたら、それこそもやしのような青白い子になってしまうぞ」

黒舞戒の言うことも一理ある。

神経質になるあまり、我が子を籠の鳥にしてしまっては元も子もない。

実華を育てはじめて早二年。ちょうど今の環境に慣れて気が緩んでいたころである。春から夏にかけて遊びに連れまわしたことだけでなく、日々の生活を振り返ってみれば、親として至らなかったところなんて山ほど挙げられる。普段ならちょっとした反省で終わる程度の失敗であっても、ときには深刻な問題に発展しないともかぎらない。そういうふうに考えていくとやはり、自分のうかつさを責めずにはいられなくなってしまう。

天狗がすっと手を伸ばし、優しく肩をさすってくる。赤子をあやすような真似はやめろと払いのけたいところだが、不覚にもそのぬくもりに甘えてしまう。

千代の母親の祥子(しょうこ)や周りにいるほかのママ友たちだって、我が子が病気になるたびにこういった不安や自己嫌悪に陥(おちい)っていたはずだ。それでも荒波を乗りきって立派に育てあげてきた。雑誌やニュースでその手の体験談を見聞きしたときは他人事のように聞いていたが、いざ自分たちに降りかかってくると、心労のおおきさがよくわかる。

「大丈夫だ。実華だってこれしきのことでへたるようなタマではない。どうせすぐ元気になって、追いかけるのが大変なくらい走りまわってくれるだろうよ」

「……かもな。そしたらまた、いっぱい遊んであげなくちゃ」

起こさないように実華の額にそっと手を触れると、確かに今朝よりずっと熱がさがっていた。この様子なら心配いらないかと、ほっと胸をなでおろす。子育ての大変さはこういうところにもあって――熱を出すたびにあたふたしていたら、自分たちのほうが先に参ってしまいかねなかった。

世の親は強い。

強くあらねばならないのだ。

小さくてか弱くて、すぐに転んでしまう我が子を支えられるように。


しかし、である。

手を伸ばした先にあるのが雲のごとく頼りないものであったなら、支えようとしたところで空を切るばかり。いつになってもつかめないばかりか、どんどん遠くへいってしまう。

結論から言うと、実華の病状が回復することはなかった。

翌日になっても、そのまた翌日になっても。

一週間がすぎて、二週間がすぎても。

元気になるどころか、夏の蝉のように弱っていった。

宮杵稲は、そして黒舞戒は、身に染みるように理解する。

天地を揺るがす強さがあっても、解決できないことのほうが多いのだと。

第四話

天狗、地獄に堕ちる

1

「黒舞戒サマ、そろそろご起床なさってはいかがですか」

「……ああ、すまん。つい寝すぎてしまった」

黒舞戒は紺のパジャマ姿でむくりと起きあがる。懐かしさを感じる畳の匂い。毛布と布団は真新しく、部屋の隅々まで掃除が行き届いている。自分が家事をしていたらこうはなるまい。頭をぽりぽりかきながら、隣にいる稲荷の乳母を見る。

実華が病気になって二週間。退院こそしたものの、たびたび熱を出したり湿疹ができたり咳をしたりと、依然として体調は安定していなかった。家でおとなしくさせていても、いつまた具合が悪くなるかと細心の注意を払わなければならぬほどである。今のところ原因もわかっておらず——病状が急に悪化しても対処できるようにと、先日から居を移し、今は稲荷衆のもとで世話になっている。

「今日はお元気そうですから、お顔を見にいってあげてください」

乳母に言われ、実華が寝ている部屋に足を運ぶ。宮杵稲たっての願いで侍従が数人体制で面倒を見ており、しかも全員が看護経験のあるあやかしという徹底ぶりだ。皮肉なことに実華の体調が悪化したのをきっかけに宮杵稲は稲荷との関係を修復し、むしろ自分たちのほうが相手を頼るようなかたちになってしまった。

布団のそばに座ると、親の気配を感じたのか実華が起きあがる。昨日も眠るまではつきっきりで様子を見ていたのだが……黒舞戒のほうは鎌倉から戻って以降ろくに寝ていなかったので、つい奥の間で眠りこけてしまった。目を覚ましたときに侍従しかいなかったことで、ずいぶんと不安にさせたに違いない。

ところが、我が子は天狗の顔を見てこう言った。

「ぱーぱ、だいじょぶ?」

「俺は元気だから安心せい。お前のほうこそ今日もおとなしく寝ておれ」

「えー! やだ!」

言ったあとで、ケホケホと咳きこむ。黒舞戒は慌てて背中をさする。

もう二週間ずっと寝こんでいるのだから、退屈で仕方ないのだろう。

乳母の言うとおり今日はいつもより体調が安定していたので、実華が起きている間は絵本を読んであげることにした。人魚姫にシンデレラ、浦島太郎に桃太郎。眠れる森の美女は縁起が悪いので買わなかった。さすがに二週間となると休んでばかりもいられず宮杵稲は仕事に行ったが、帰りがてらまた新作を補充してくるはずだ。

実華がすーすーと寝息を立てはじめると、あとの面倒は侍従に頼んで食事をとる。そのあとはしばし屋敷の縁側に座り、庭園からの景色をぼんやりと眺めた。

看病どころか料理に掃除に洗濯にと、すべて任せてしまえるのはやはり楽だった。それなのに、悪戦苦闘していた日々が無性に恋しくなってくる。忙しなく実華の世話をして、天気がよければ庭で遊んだりお出かけしたり——ただそれだけのことなのに、今は途方もなく遠くに感じられてしまう。

桜葉のようなわかりやすい敵がいるなら話は簡単だった。しかし我が子の内側に潜む病魔とあっては、最強の天狗であっても手の出しようがない。

今のところ命にかかわるほどの症状ではない。ただ外に出ることがなくなったため肌は青白くなっているし、食の細さから顔や手足は見るかげもなく痩せている。このままでは実華の体力は衰えていく一方だし、ましてやいつなんどき、医者からおどろおどろしい病名を告げられぬともかぎらない。

「……ああ、そうか。だから人間は天に祈るのか」

ようやく理解した。自分の力だけではどうしようもなく、だから神様なんとかしてくれと、地面に頭をこすりつけて願わなければならないものの気持ちを。

かつては祈られる側だったのに、我が子のことになるとこの有り様とは。

参拝にやってきた人間たちに対してどうだったかを思いだし、絶望的な気分になってくる。神様というのは傲慢だ。ただ願っているだけでは、鼻で笑われるのがオチである。

黒舞戒はゆっくりと立ちあがる。

ならばこそ、せめてやれるだけのことはやっておかなくては。
天に祈るのは、そのあとであってもよいはずだ。

稲荷の侍従に外出すると告げたあと、黒舞戒は高崎市に舞い戻った。
駅前は以前と変わらず平穏そのもので、激変したのは自分たちの環境だけなのだと痛感する。ひょっとしたら道ゆく通行人の中にも似たような境遇を抱え、それでも歯を食いしばって日々の暮らしを続けているものがいるかもしれない。そんなふうに想像してみると、世界の見え方が変わってくるようだった。
これからなにをするつもりかを考え、道端で足をとめる。自分はあやかしであり、実華もまた普通の子どもではない。それゆえに頼れるものの選択肢は多いのだ。現代の医学では今のところ原因が特定できずとも、人ならざる力を借りればどうだろうか。たとえば九里頭や庵の付喪神ならば、打開策のひとつやふたつ、思い当たるところがあるのではないか。
黒舞戒は自嘲気味に笑う。結局のところ、神頼みとたいして変わらない。しかし対価としてなにかを差しだせと言われたら迷わずそうするし、とくに九里頭のほうはそういった取引を喜びそうな手合いである。手ぶらで頼むよりはいくらか期待値が高いはずだ。

家宝を質にいれるときのような面持ちで、年季の入った門を叩く。いつものように門番の古狸のあやかしにへこへこ頭をさげられながら奥に案内され、茶室でくつろいでいる九里頭と面会することが許された。

龍の紋様が施された派手な羽織をまとい、座敷童めいた姿のわりに貫禄たっぷりにキセルを吹かせている上州あやかしの長は、憔悴しきった様子の黒舞戒を見るなりこう言った。

「そろそろ来るころだと思っていた。赤子……いや、今はもう幼子と呼んだほうが正しいかな。あの小さな宝が抱える、問題についてだろう」

「わかっているなら話が早い。治せる手段があるなら教えてくれ。俺にできることがあるならなんでもするし、実華のためなら命であろうと差しだす覚悟だ」

「いやはや、人間から学べと諭していたころが懐かしいねえ。たかだか二年でそこまで『らしく』なるとは、おぬしというあやかしは本当に面白い」

九里頭はケラケラと笑った。黒舞戒は相手の皮肉にも動じず、深々と頭をさげる。見苦しいことも、浅ましいことも承知のうえ。あやかしとしての矜持をかなぐり捨ててでも、たとえ悪魔に魂を売ってでも——実華を助けるために力を尽くすと、そう心に誓っている。

しかしかつては人身御供を求めていたという老妖は、予想していたよりずっと辛辣だった。まるで喉もとに刃を突きたてるように、続けてこう言ったのだ。

「桜葉や吸血鬼の気持ちが、これでわかったかい？　誰であろうと切羽詰まってくると、絵に描いたような理想だけではやっていけなくなるわけさ」

「それは……」

違う、とは言えなかった。

　黒舞戒は次の言葉を探して、愕然としてしまう。今こうして九里頭に指摘されるまで、自分がそちらの道に足を踏みいれかけていることを自覚すらしていなかったのだ。

　桜葉は人間としての弱さを忌避し、あやかしとしての強さを求めた。シルヴァなる吸血鬼もまた不死の身体を得るべく、闇の秘術に手を染めた。我が子のためにという違いこそあれど、彼らが道を踏み外した道理となにが違うというのか。

　相手が理解するまでの間を与えるように、九里頭はゆったりとキセルをくゆらせた。質素な和室に白い煙が充満していく様を眺めながら、天狗はつくづく自分が無知で、そして傲慢であったかを痛感する。

　あやかしであれ人間であれ、善であれ悪であれ――この世の理不尽に苛まれたあげく、誰もが神に祈るように、足りないなにかを求めてしまうのだ。

「もっとも、あの子の問題については余にも責任がないとは言えないのだけどね。そもそているよね？」


もなぜ人間の赤子をおぬしたちに預けたのか、その理由については宮杵稲から以前に聞いているよね？」

「強大なあやかしを親代わりにすることで心身に影響を与え、あの子の中に見鬼の才を目覚めさせる計画であったのだろう。お前としては狙いどおり、いやそれ以上にうまくいったわけだ。といっても桜葉のようにさせるつもりはないが」

「そうだねえ。あの子の処遇についてはひとまず静観を決めこむ予定だけど……うまくいきすぎるとそれはそれで別の問題が発生したりするものさ。たとえば急激な変化と身の丈に合わぬ力が、小さな身体にどれほどの負担をかけるのか。そういったことについて、我々のようなあやかしはつい忘れがちだ」

「どういう意味だ。まさか——」

「おぬしとて気づいていたはずだ。常人にすぎなかったあの娘の妖力は今なお成長を続けている。生まれつき桁が高ければ何事もなかったかもしれないが、足りないぶんを引きあげようと無理に無理を重ねている状態だ。それゆえ本来なら成長や健康の維持に使われるぶんの体力を、ひたすら吸われ続けているわけさ」

あまりのショックに目の前が真っ暗になった。

よもや実華の体調を悪化させたそもそもの原因が、ほかならぬ自分たちにあったとは。

言ってしまえばあやかしに育てられたがためにあの子は本来の道から外れ、その歪みによって今あんなふうに苦しんでいる、ということではないか。

「ならば妖力の成長をとめるか、封じるかすればよい。成長しきるまでか、あるいは一生か……俺たちから離れて暮らせば、実華はまた元気になれるはずだ」

黒舞戒としては苦渋の決断だ。

ある意味では命をなげうつ以上の、覚悟が必要になるだろう。

だとしても、実華の健康には変えられない。そばにいたいからという自分たちの都合だけで、我が子を苦しませるようなことはあってはならないはずだ。

しかし九里頭は首を横に振り、こう告げた。

「流れはじめた川の水はそう簡単にはとまらないさ。封じようとすれば無理が生じる。だからといって親であるおぬしたちと離れたなら、あやかしに近づかんとする願いはいっそう強くなり、むしろ病状は悪化してしまうかもしれない」

「ではどうすればいい。救える手立てがあるなら、俺はなんでもするぞ」

「簡単だよ。桜葉のようになればいい」

予期せぬ答えに絶句してしまう。とはいえ目の前のあやかしは、最初からそのつもりで話していたに違いない。ならばこそ突拍子のない選択肢であるにもかかわらず、黒舞戒はその合理性について嫌というほど理解できてしまった。

人間の身体では、妖力の成長に耐えられない。

だったら、あやかしとして——。

「宝としての価値はさがるけど、それでありとあらゆる問題が解決する。どうせこのままいっしょにいても後ろ指をさされるだけなんだから、いっそおぬしたちの手であの子をとことん歪めてしまいなよ」

「お前は……実華を、子どもをなんだと思っているのだ」

「もちろん君たちと同じように愛しているよ。現状に決して満足せず、創意工夫のはてに自然を屈服させ、あやかしから地上の覇権を奪ってしまった。余としては人間のそういうひたむきな姿に感動を覚えるわけさ。桜葉にせよ半妖になることを選んだのは自らを高めようとした結果だし、宮杵稲から力を奪ってイキがるだけでなく、あっと驚くような仕掛けを披露してくれたらもうちょっと評価してあげてもよかったのだけど」

自らの手で育てた子どもが破滅の道を突き進んだにもかかわらず、舞台を鑑賞したあとに辛辣なコメントを述べる批評家のような口ぶりである。

事実、目の前の老妖にとってはこの世のすべてが見世物でしかないのだろう。そしてときたま気まぐれに、観客席から演者をつついてみせるのだ。

「その点でいうと今の君たちも実にお粗末だね。『本当』の家族になりたいだなんてご大層な夢を描いておきながら、中途半端にやるからこんなことになる」

◇

九里頭の屋敷を出たときは、お天道様はまだ高い位置にあった。

しかし呆然としたまま高崎公園のベンチに座り、思考の袋小路をぐるぐるとさまよっているうちに、いつしか外の景色は夕暮れに染まっていた。

我が子のためならどんなことでもする。たとえこの身が裂かれようとも構わない。実華を育てると決めたときからそういった覚悟で臨んでいたが、突きつけられた現実は想像していたよりもはるかに厳しいものだった。

いざとなったら自分が犠牲になればいい。なんて甘っちょろく、浅はかな考えであったことか。たとえ親の過保護や不注意で招いた事故や病気であっても、その身が傷つき苦しむのは子どものほう。ツケを支払うのが自分でないからこそ、命を預かる責任は重いのだ。

本当は、今すぐにでも稲荷の屋敷に帰るべきなのだろう。

ところが宮杵稲に話すことに気が引けて、足は一向に動かない。鎌倉から戻ってきたときでさえ、遊びに連れまわしたせいで熱を出したのだろうかと、己のうかつさを責めるようなやつである。あやかしである自分たちが育てようとしたばかりに、実華は今苦しんでいる。そんな残酷な真実を告げられて、心が傷つかないわけがない。

――そのうえ唯一助かる手段が、人としての在り方を歪めることだとは。

自分たちの関係はどうしたって不自然で、普通に暮らしていくだけでも無理が生じてしまう。ならば取り返しがつかぬほど崩れる前に、漆喰で塗り固めて補強してしまえばいい。たとえその結果、本来あったはずの模様が見えなくなったとしても。

そうやって割りきってしまえば楽になるかもしれないが……実華の無邪気な笑顔がちらついて、天狗の心を迷わせる。今のままでは救われないことはわかっている。しかし我が子をこの手で歪めたら、あやかしと人間は家族になれないと認めてしまうようなものである。それとも九里頭の言うように、ありのままのかたちを捨てて同じ色に染めあげることが、自分たちが本当の家族になる唯一の手段なのだろうか。

考えても考えても逃げ道が見つからず、結局はスタート地点に戻ってきてしまうのだ。

ぽつぽつと公園の照明灯が灯り、うだつのあがらない天狗に帰れ帰れと急かしてくる。

俺がついている、と言ってみたところで気休めにすらならないとしても、今のところ狐のやつに告げられる答えはそれくらいしかなさそうだ。無力で頼りない自分につくづく嫌気がさしつつも、黒舞戒はゆっくりと立ちあがる。

と、そこで正面に人が立っていることに気づいた。

夜の闇に包まれた園内でなにをするでもなく、話しかけられるのを待っていたかのようにやついた笑みを浮かべている。その顔に見覚えがあることに気づいたあと、黒舞戒は忌々しげに舌打ちをする。

ある意味では今もっとも出会いたくなかった男だ。

人の道を踏み外したものの末路。邪悪な気配をまとう夜の眷属、シルヴァ。

「吸血鬼よりも顔色が悪いとは感心しませんねえ。お子さんのことでお困りでしたら相談に乗りますので、私と一杯ごいっしょしませんか？」

「……お前、なぜそれを知っている」

問いただしたあとで相手の視線に違和感を覚え、黒舞戒は自分の首筋をばちんと叩く。

蚊がへばりついていた。血は吸われていないが、かすかに妖気の残滓を感じる。吸血鬼がコウモリを使役することは知っていたが、こんな小さな生き物まで操ることができるとは。

普段の天狗であれば、式が憑いていることくらい看破できたはずだ。つまり今はそれだけ余裕がなく、相手はこちらが憔悴しているタイミングを狙って現れたということである。

ただでさえひと気がなかった公園に、うっすらと妖気の霧がたちこめはじめる。しかしねっとりとした視線こそ感じるものの、攻撃を仕掛けてくるそぶりはない。たとえるなら、うさんくさい訪問販売員に引っかかったときのような雰囲気だ。

「九里頭との会話を盗み聞きしていたのだろうからな。お前の考えていることはだいたい想像がつく。だが、返事はノンだ。実華を吸血鬼にするつもりはない」

「なぜです？　今のところ、それがもっとも手っ取り早い手段だと思いますが」

「たとえ困難であろうと、我が子の将来のために最善を尽くすのが親というもの。遊園地に行ったり海で泳いだり、おおきくなったら運動会とか遠足とか部活とか。そーゆう日々のイベントがあってこその人生よ。夜にしか出歩けずペペロンチーノも餃子（ぎょうざ）も食えないあやかしもどきなんぞになったら、せっかくの青春を台無しにしてしまうだろうに。病気を治す代わりにほかの不自由を強いるのでは、結局はあの子を不幸にするだけだ」

焚（た）きつけられたようで癪にさわるが、人間をやめた邪悪な見本を前にしたことでようやく決意が定まってきた。ごちゃごちゃと難しいことを考えるのはやめにしよう。正しいとか間違っているとか、本物だとかまがいものだとか、そんなくそどーでもいい理屈をなぜいちいち気にしなくてはならんのか。

大事なのは自分が今どうしたいか。どう感じているか。

それがすべてだろうに。

「実華を愛し、ともにいたいと願った。それが結果として今回のような事態を招いたとしても、あのときの宮杵稲の思いは尊ばれるものであるはずだ。九里頭やお前、この世のあやかしと人間すべてが否定したとしても……俺だけは最後まで寄り添い、味方になってやる。それが家族というものだからな」

「純粋なかたですね。だからこそ、穢してみたくなるのでしょう」

吸血鬼はうっとりとしたような声で言った。

黒舞戒もまた獰猛な笑みを浮かべ、漆黒の翼をばっと広げる。

考えようによっては、うさばらしに使っても胸が痛まない唯一の相手だ。望みどおり、今日ばかりは手加減せず完膚なきまでに叩き潰してやろう。

「奇遇だな。俺もお前がぎゃんぎゃん泣きわめくところを、見てみたくなった」

2

いつもよりくたびれたスーツ姿で仕事から帰ってきた宮杵稲は、黒舞戒が外出したままだと聞いていぶかしんだ。稲荷の屋敷に居を移し、万全の体制で実華の看病ができるようにした途端に遊びに行ってしまうとは。親として恥ずかしくないのかと言ってやりたい。

しかし頭が沸騰しかけた直後、かつてならいざ知らず、今の天狗がそんな無責任なことをするわけがないと考えなおす。乳母いわく、朝から心ここにあらずといった様子だったらしい。高崎のほうに飛びたっていったという話も侍従から聞いた。だとしたら九里頭のもとをたずねたに違いない。実華の病気を治す手立てはないか、あの男なりに探そうと考えたのだろう。

ならば、帰ってきてもとやかく言うまい。

宮杵稲は力なくため息を吐き、実華の様子を見るべく奥の間に顔を出した。

今日はいつもより安定していたとのことで、穏やかに寝息を立てている。日中は黒舞戒が絵本を読んであげていたと聞き、優しくなったあの男を一時でも疑ったことを恥じた。むしろこんな状況で天狗や稲荷たちに面倒を任せ、仕事に行った自分のほうがよっぽど薄情ではないか。

全員で看病したところで病気がよくなるわけじゃない。療養が長引いたときの出費を考えるなら働いていたほうがいい。理由はいくらでも思いつくが……苦しむ我が子を眺めているしかできないこの状況に耐えられず、逃げだしたくなったのではないかと問われたら、絶対に違うと言いきれなかった。

愛情が深いからこそ、不安や重圧がのしかかる。

己の無力さに打ちひしがれているのは、宮杵稲もまた同じなのである。

六百年生きてきて、朝が来るのがこんなに怖いと思ったことはなかった。我が子の寝顔を見に行くことを、ためらう日が来るとは考えてすらいなかった。実華がぜえぜえと苦しむたび、なぜ代わってやれないのかと泣き叫びたくなる。この小さな身体がいつ冷たくなってしまうかと、よからぬ未来が脳裏をよぎり、目を覆(おお)ったままひざまずきそうになる。

自分の心がこれほど脆(もろ)いとは思わなかった。

ひび割れた硝子(ガラス)のように、今にもバラバラに砕(くだ)け散(ち)ってしまいそうだ。

だが……宮杵稲は顔をあげる。実華の手におそるおそる触れるとかすかに力がこもり、自分の指をぎゅっと握り返してくる。

今日は容態が落ちついているからか、体温も平熱に近いようだった。心地よいぬくもりと幼い子ども特有の乳くさい香りが伝わってきて、ふと世話をしはじめたばかりのころを思いだす。あれから二年の歳月が流れたものの、おそるおそる抱きかかえたときの感触も、パパと呼ばれたときの感動も、今日の出来事のようにありありと思い返すことができる。

それゆえに、本物の家族になりたいと願ったあの日の衝動も、一向に消えることがない。この世がいかに理不尽で情け容赦なく、ありとあらゆる苦難が襲いかかろうとも——絶対に負けるわけにはいかないと、歯を食いしばって立ちあがることができるのだ。

神経質かつ心配性で、そのうえ気難しくて。親としての短所をあげればキリがないし、今だって不安と重圧に押(お)し潰(つぶ)されて泣きだしてしまいそうだ。しかし幼いころから泥水をすすりながら生きてきて、成長してからも幾度となく裏切りにあい、それでも果敢に乗り越えてきたのである。

可憐で麗しい容姿とは裏腹に、内に宿る魂は誰よりも熱い。

それが宮杵稲という男なのである。

実業家として成功をおさめているだけに視野が広いし、絶望的な状況に翻弄されながらも理知的に状況を分析することができる。フットワークだって軽い。

結論から言ってしまうと、我が子の病気の原因はすでに把握している。九里頭にわざわざ助言を求めるまでもなく、実華が体調を崩したのは自分たちのせいだと、狐はかなり早い段階から自力で特定していたのだった。

黒舞戒に伏せていたのは、やはり相手への気遣いだ。原因だけわかったところで意味がない。せめて治療法を見つけてから、真実を打ち明けるつもりでいたのである。

そして今——光明はかすかに見えていた。

沙夢がぱたぱたと慌ただしく廊下をかけてきて、宮杵稲に告げる。

「お兄様、ようやく陰陽寮から許可がおりました」

「ならば急ごう。あの場所ならきっと、実華を助ける手立てが見つかるはずだ」

陰陽寮の本拠地は今も昔も変わらず、京都市上京区にある。
二条城から北東に進んだところにひっそりと佇むマンション。その付近に『平安京中

務省東面築地跡』と記された碑があるため、入り口の場所はわかりやすい。しかし敷地は大規模な結界によって構築された空間の中にあり、当然ながらカタギの人間は立ちいることができない。

幽世の抜け道を使って小一時間で京都までやってきた宮杵稲たちは、陰陽寮のものたちに諸手をあげて歓迎された。ふたりとも揃って着物、かたや周りはスーツとあって、紫綬褒章の伝達式でも執り行われるのかというような有り様であった。

レッドカーペットが敷かれた石造りの道を、むっつりとした表情の宮杵稲が沙夢を連れて歩いていく。すると古めかしい門の先に、平安時代からタイムスリップしてきたかのような白い狩衣をまとった男が佇んでいた。

右頬にひどい火傷の痕がある、和装よりは軍服が似合いそうな強面の壮年。その鋭いまなざしは、若かりしころに敗れた美しいあやかしに向けられている。

「まさかあんたを、こんなふうに招く日が来るとはな」

「ぼくも同意見だよ、山鉾。上を説得するのは大変だったろう」

「そうでもないさ。貴重なコレクションをあれだけ寄付してもらえればな」

山鉾と呼ばれた陰陽師の言葉に、交渉にあたった沙夢がかすかに顔をしかめる。宮杵稲は今までに集めた骨董品のほとんどを、陰陽寮の上層部と取り引きするために手放していた。根無草の身から這いあがってきた勲章だけに、持ち主にとっては額面以上の価値がある。

だとしても、後悔はなかった。すべては我が子を助けるためなのだから。

「さっそく案内するぜ、大旦那様。お目当ての書庫まで距離があるからな」

山鉾にあごでうながされ、門の先へ進む。

陰陽寮の本拠地はかつての平安京中務省を再現した巨大なレプリカであり、歩いていると時代劇のロケに来たかのような錯覚に陥りかける。しかしよく見ると塀や木造りの建屋のあちこちに監視カメラや赤外線センサーが配置されていて、軍事基地さながらの物々しさを漂わせている。

道すがら、宮杵稲の用事に興味津々なふうの山鉾が話しかけてくる。

「上層部の連中からだいたいの事情は聞いているぜ。まさかあんたが人間の子どもを育てているとはな。退屈がきわまって目新しいペットかおもちゃが欲しくなったのか。いずれにせよ正気の沙汰とは思えねえな」

「お兄様は実華様のことを本当の家族のように愛していらっしゃいます。だからこそ私財をなげうってまで、ご病気から救おうとしているのではありませんか。なにも知らないくせに失礼なことを言わないでください」

「……おお、怖。情が深いのはけっこうなことだが、あやかしと人間がいっしょに暮らしたところでいいことなんてなにもないと思うがな。それともガキんちょをお仲間に変えちまうのか？　だとすればなおさら、おすすめはしないぞ」

「君に言われるまでもなく、実華に桜葉と同じ轍を踏ませるつもりはない。ぼくが考えているのはまったく別の方法だ。はたから見たら滑稽に思えるかもしれないけど、あの子と本当の家族であり続けるためなら、どれほど困難な道であろうと乗り越えてみせる」

宮杵稲がそう返すと、相手は理解できないと言いたそうな顔をする。長らくあやかしと敵対してきた陰陽寮の人間からすれば、しごく当然の反応だろう。

山鉾との付き合いは長く、ついこの間も桜葉の後始末で手を借りたばかり。そういえばあの男も、陰陽寮の地下に収容されているのだった。半妖となったもののすべてがあのような末路をたどるとはかぎらないが、親の都合で我が子に最後の一線を越えさせるのは並々ならぬ抵抗がある。

だからこそ宮杵稲は考えに考え、九里頭とは異なる答えを導きだしたのだ。

「考えかたとしてはふたつある。ひとつは妖気の成長に体力をまわしても耐えられるくらいに身体を強くすること。そのための手段としてあやかしに変えるわけだけど、本来の在り方から外れてしまうから、元気になったとしても別のところで無理が生じる可能性が高い。そもそも歪みを正そうとしてさらに歪ませるなんて、本末転倒なやり方じゃないか」

「ではどうするつもりなのですか、お兄様」

「最初に戻って考えてみよう。実華が消耗している原因は、妖気を成長させようとして身体が無理をしているからだ。だったら身体のほうじゃなくて、妖気のほうをどうにかしちゃうって手もあるとは思わない？」

「なるほど。呪物のたぐいを使って、術師の妖気を増幅するわけだな。あんたが陰陽寮の書庫を閲覧したがった理由がようやくわかったぜ」

山鉾の言葉に、宮杵稲はうなずく。

人間は弱いからこそ、それを補うために道具を作る。

実華の場合は容量が足りないだけなのだから、中身のパーツをごそっと入れ替えるよりも、外から引っぱってくるほうがよっぽど手っ取り早いはずである。

そこで一同は足をとめる。話をしているうちに、目的地に着いたのだ。

平安の時代から脈々と受け継がれてきた陰陽寮の叡智（えいち）――そのすべてが結集している空間とあって、三層はありそうな広く高々とした書庫の中に、おびただしい数の古文書や本が折り重なるようにして詰まっている。

「そりゃあこの中なら妖気の桁を増やすようなスーパーアイテムの情報だってあるだろうが……まさか手当たり次第に探すわけじゃないだろうな」

「心当たりはある。聖雲符（しょううんふ）という名の道具だ」

言うなり、宮杵稲はスタスタと先に行く。はじめて来た場所なのに、陰陽寮に勤続して二十年の山鉾よりも馴染んでいる。

やがて書棚の一角で足をとめ、床にぱたぱたと巻物を並べはじめる。そのうちのひとつを広げると、黄ばんだ和紙に小さな勾玉のようなものが描かれていた。

さらには小さく、解説のような文字。

沙夢が鈴のような声で、古文書に書かれている内容を読みあげる。

「聖雲符。指定陰陽国宝。南宋。日本に伝来する以前は宝貝として用いられていた。現存していた最後のひとつは百鬼夜行の乱にて損失——」

「じゃあ今はどこにもないってことか？　そんなもん、どうやって手に入れる」

「ぼくが知りたいのはその材料さ。大陸の仙人ごときが作れたものを、九尾の末裔である宮杵稲様が再現できないわけがないだろう」

簡単に言ってくれる。横で眺めていた山鉾は内心で苦々しく思った。

人間が創意工夫のすえに新たな地平を築いたとしても、宮杵稲のような存在は生まれ持った力で易々と飛び越えていく。そのうえ目の前にいるのは、あやかしとしてこの世に生を受けていなかったとしても比類なき成功をおさめていたはずの、明晰な頭脳と不屈の精神を兼ね備えた男なのだ。

しかし直後、古文書を漁っていた狐の表情が曇る。

「聖雲符はその材質から、四不像の角を削りだしたものと推測される。……あのあやかしはすでに絶滅して久しい。となると実華を救うためには、この世に存在していないものをどうにかして見つけだすしかないわけだ」

「そんな……」

　横で聞いていた沙夢が悲鳴にも似た声をあげる。諦めなければいつかは実現できるかもしれないが、人間の寿命はあまりにも短い。ただでさえ今の実華は、大人になれるかどうかも危うい状況なのだ。タイムリミットを考えれば、天才であろうと不可能に近い。

　にもかかわらず、宮杵稲はまったく動じていなかった。

　しばしの沈黙が流れたあと、狐はふいに着流しの袖をまくる。腕に嵌められた銀色のアクセサリーを愛おしそうになでながら、ひとりごとのように呟いた。

「だけど突拍子もない方法で、失くしたはずのものを押しつけてくるやつもいるからね。ぼくの力だけじゃ無理だとしても、案外なんとかなるんじゃないかな」

　そのときの相手が自信満々な顔をしていたことを思いだし、宮杵稲はふっと笑う。桜葉との一件にしても、普通なら思いつかないようなやり方で助けてくれたのだ。認めるのは悔しいが、黒舞戒という男はこういうときほど頼りになる。

　山鉾はいまだに理解できないものを見るようなまなざしを向けている。

　一方の沙夢は視線を合わせると、にっこりと笑ってうなずいた。

　お兄様は実華様のことを本当の家族のように愛していらっしゃいます——彼女がそう言って怒りをあらわにしたとき、心の底から嬉しく感じた。そうであってほしいと願っていたことを、すぐ近くで見つめていたものから告げられる。たったひとことであろうとも、今の自分にとってどれほど勇気づけられることか。

宮杵稲はあらためて実華のことを思う。自分たちに近づこうとするばかりに精一杯に背伸びをして、そのせいで病に苛まれてしまった、我が子の姿を。

「あやかしと人間。かけ離れたもの同士が家族になろうとあがいているのだから、山鉾の言うとおり正気の沙汰ではないのだろうね。現にこうして無理が生じているわけだし、自分たちの都合だけであったら途中で心が折れていたかもしれない。でも……今回のことはお互いに求めあった結果なんだよ。子がそうありたいと望んでくれているなんて、親としてこれほど誇らしいことはないだろうに」

理解してくれとは言わない。正しいとも思わない。あるいはそう願うことすら罪深くて、だから天の神様はこうして邪魔をしているのかもしれない。

だが、それがなんだというのだろう？　あのとき抱いた感情は、外野にごちゃごちゃ言われたところで揺らぐようなものではなかったはずだ。

答えはずっと前から決まっている。ならば、もはや迷う必要はない。

「笑いたければ笑え。それでもぼくたちは、本当の家族なんだ」

山鉾はなにも言わなかった。

腕を組んだまま宮杵稲を眺めたあと、やがてバツが悪そうにおどけてみせる。

「憧れていたアイドルが結婚するって話を聞いたら、たぶん今みてえな気分になるんだろうな。俺の頬を焼いたおっかねえあやかしはどこに消えちまったんだ」

「知らないよそんなの。君もそろそろ引退したら」

皮肉を返すと、いかつい陰陽師はくしゃっと顔を歪める。出会ったばかりのころと比べるとずいぶんと老けたが、笑いかたは今でも不良少年のままだった。

年月を重ねれば、殺し損ねた相手と笑いあうこともある。自分たちの心情をどこまで理解してもらえたかはわからないものの、この男も協力してくれるつもりではあるようだ。というより、予想外の展開を面白がっているように見える。

「まあさっさとやることやって、元気なキッズを連れて遊びにこいや。見鬼の才があるってんなら、俺が直々に鍛えてやってもいいぞ」

「待ってください。実華ちゃんは養成所に通ってアイドルになるんですから」

宮杵稲はぎょっとして沙夢を見る。まさかそんな野望を胸に秘めていたとは思わなかった。稲荷の娘として厳しく育てられた反動だろうか、自分が果たせなかった夢を勝手に託してきそうな雰囲気である。

将来は陰陽師かアイドルか。この調子だと黒舞戒にいたってはプロ野球選手か飛行機のパイロット、とか言いだしそうである。宮杵稲としては千代やその辺にいる女子学生のように、実華には平凡でも地に足のついた道を進んでほしいところなのだが。

いずれにせよ、誰もあの子を縛ることはできない。周りの思惑がどうであれ、好奇心旺盛なキッズはやりたいようにやって、行きたいところを目指していくだけなのだから。

宮杵稲は笑う。子育ては大変なわりに、親ができることなんてたかが知れている。コントロールできるなら最初から苦労はしない。だからこそ、

「将来の選択肢はなるべく増やしてあげないとね。面白そうなことをいっぱい準備して、楽しそうなものをいっぱい用意しておけば、好き勝手に選んで遊んでくれるだろうし」

そのためにも必ず、聖雲符を手に入れなければ。

山鉾と別れ陰陽寮の敷地から出ると、午前零時になったところだった。

京都から高崎に着くころには、さすがに黒舞戒も稲荷の屋敷に戻ってきているはずである。九里頭から真実を聞かされて、自分たちのせいだとしょげているに違いない。会ったらまずは聖雲符の件を伝えよう。不可能に近くても治す手立てがあると知れば、また突拍子もないアイディアを出してくれるかもしれない。今やるべきなのは、一刻も早く実華を救ってやること。足をとめず、進み続けるのが親としての責任の果たし方だ。

そう思い沙夢とともに足を踏みだした直後、携帯端末が着信を知らせた。

露尾からである。

陰陽寮の敷地内は電波を遮断する結界が張られているため、今までずっと繋がらなかったのだろう。こんな夜中に何用かと首をかしげながら画面をフリックすると、河童の若者のつんざくような声が響いた。

「た、大変です宮杵稲サマ！　天狗の兄さんが……天狗の兄さんがっ！」

「落ちつけ。あいつがまたなにかやらかしたのか」

宮杵稲は肩を落としながらそう返した。自暴自棄になって酒を飲んで駅前で暴れたか、泣き崩れているところを不審者として警察に保護されたか。ところが続けて告げられたのは、天狗絡みのスキャンダルに慣れた狐にとっても耳を疑うような言葉だった。

にわかには信じられず、もう一度聞きかえす。

そのあとで携帯端末をアスファルトのうえに落とし、膝から崩れ落ちてしまう。

宮杵稲のただならぬ様子に、沙夢が戸惑いながらも肩に手をかける。

「いったいなにがあったのですか⁉」

「そんなわけがない。まさかあいつが、よりにもよってあの馬鹿が……」

宮杵稲は頭をかきむしり、ありえない現実から目を背けようとする。

しかし今なお、露尾の声は足もとから響いている。

何度聞いても、河童の若者はこうくり返していた。

『――殺されましたっ！　黒舞戒サマが、あの吸血鬼にっ！』

◇

草木も眠る丑三つどき。黒舞戒の亡骸は九里頭の屋敷に安置されていた。

質素な畳部屋に布団が敷かれ、寝かせるようにしてひっそりと横たわっている。突然のことだったからか、路上で見つかったときの格好そのままだ。襟口のよれた白いTシャツに紺のスラックス、アディダスのスニーカーは泥にまみれて無惨な有り様になっている。

普段からあり余るほど生気をみなぎらせていた男なだけに、魂が抜け落ちて青白くなった顔はなおさら正視に耐えがたいものがあった。

外傷のたぐいはほとんどない。ただ首筋にぽつんとふたつ、虫刺されのような痕がある。吸血鬼に殺された――その事実を裏づける、唯一にして決定的な証拠だ。

宮杵稲は呆然として、しばらく無言で亡骸を眺め続けた。リビングのソファで眠りこけているときのように、ちょっかいをかければくすぐったそうに起きあがるのではないかと、おそるおそる手を伸ばす。

しかし頬は固くひんやりとしていて、いくら叩いても微動だにしない。ためらいがちに何度か肩を揺らしたあと、宮杵稲は糸が切れたように腕を垂らし、虚空を見つめた。

いたずら好きの天狗がドッキリを仕掛けているのではないか。それとも悪い夢を見ているのか。そんな考えを打ち砕くような、無慈悲な現実が目の前にある。うす暗い部屋にはどんよりとした空気が充満していて、まぶたを閉じても耳を塞いでも、死の存在感からは逃れることができなかった。

背後にいる露尾はなにも言わずに亡骸を見つめている。沙夢は沈痛な表情を浮かべ、狐に寄り添うようにそっと肩に手を置いている。夜が更けているためまだ連絡を入れていないが、朝には千代や母の祥子、町のみんなにも天狗の訃報が届くだろう。

だが、今の宮杵稲に周囲の心痛を気遣う余裕はない。胸にぽっかりと空いた穴を塞ぐことができず、ほとんど抜け殻のようになっていた。

「黒舞戒サマは吸血鬼とやりあう前から、みんなのためにずっと戦ってきたんです。桜葉の旦那との一件以降、兄さんたちの噂を聞きつけて物騒な輩が世界中からやってきてたっすからね。自分だって実華ちゃんの世話や家事で忙しいはずなのに……狐のやつは外の仕事があるから知らせるなって夜中にこっそり抜けだして、オレといっしょに朝までパトロールしたこともあったんすよ」

知らなかった。だからいつもリビングのソファで眠りこけていたのか。

あいつは寝る時間を犠牲にしてまで高崎の町を守っていたのに、自分は外の世界でやりたい仕事を気ままに楽しんでいた。実華を助ける手段を探しているときだって、あの男がいればなんとかしてくれるはずだと、他力本願なことを考えていたのだ。

失ったあとで気づいてしまう。自分がどれだけ、黒舞戒に甘えていたのかを。

誰もが諦めるような逆境を前にしても、高笑いをあげながら跳ね飛ばしてしまう。そばにいるだけで誰もが安心するような、揺るぎない存在。ならばこそこんなふうに、あっさりと敵に敗れることがあるなんて夢にも思っていなかった。

ましてやある日突然――帰らぬ身になってしまうとは。

桜葉との一件では、力なく横たわっていたのは宮杵稲のほうだった。あのときは黒舞戒が自らの核を分け与えることで救いだしたが、お返しに今同じことをやったとしても効果はない。命が尽きてしまってからでは、なにもかもが手遅れなのである。

ぽつぽつと雨が降るように、心の奥底が悲しみの色に濡れていく。それはすぐさま激流となって溢れかえり、宮杵稲は堰を切ったように泣きくずれた。

とめどなく涙が流れ、頬を湿らせていく。自分の中身をまるごと吐きだすかのような嗚咽を漏らし、絶え間なく肩を震わせる。

しかしそのあとでふっと身体の動きがとまり、昏い昏い沈黙がおとずれた。

やがて障子戸の向こうからごろごろと雷鳴がとどろき、古めかしい屋敷の砂壁にぴしりと亀裂が走る。天井から垂れた和紙照明がチカチカと明滅し、不穏な気配を漂わせる。うす暗い部屋の中でうつむきながら、宮杵稲がぽつりと呟く。

「こいつを殺した吸血鬼は今、どこにいる」

「落ちついてください。屋敷の屋根ごと吹っ飛ばしそうな面ですよ」

「そうされたくないなら早く言え、露尾。高崎の町一帯を焦土に変えたとしても……ぼくは必ずその男を見つけだして、血祭りにあげてやる」

美しい飾り身から銀色の耳と尻尾が生え、血のように赤い瞳は爛々と輝きはじめる。白かったはずの着流しは内から溢れでた妖気にあてられ、漆黒の色に染まっている。足もとからはめらめらと狐火があがり、今にも部屋の畳まで広がっていきそうな勢いだった。

黒舞戒の核の半分を譲りうけた宮杵稲はもはやただのあやかしではなく、半神と呼ぶべき存在だ。ひとたび身を焦がすほどの激情にかられたなら、周辺に途方もない災禍を撒き散らすだろう。

しかし今の狐は、それでも一向に構わないと感じていた。

あいつがいない世界なんて、どうでもいい。

いっそなにもかも火にくべて、自らの身体すら燃やし尽くしてしまおうか。

——なんて考えていたところで、横から強めに頭を小突かれた。

「痛っ！　九里頭どの、いつの間に」

「まったく、だからおぬしは未熟なのだ。そんなふうにあっさりと闇堕ちしてしまうようだと、余も安心して高崎の町を任せられぬだろうに」

一発では腹の虫がおさまらなかったのか、追い打ちのごとく再びキセルで叩いてくる。見れば老妖は子どもを叱るときのような呆れ顔を浮かべていて、宮杵稲はふっと冷静になった。

ほかでもない天狗が守ろうとした町なのだ。燃やしても構わないなんて、身勝手な考えにもほどがある。つくづく、感情的になりすぎた自分が恥ずかしい。

反省する時間をたっぷりと与えたあと、上州あやかしの長は言った。

「安心せい。黒舞戒の魂はまだ完全に失われたわけではない。というより自ら狙って死んだっぽいんだよね」

「それはいったい……どういう意味です？」

「吸血鬼に生気を奪われた場合、普通はもっと穢されているはずなんだよ。なのにこの亡骸は幽鬼に変化することもなければ、塵（ちり）となって崩壊することもない。肉体はそっくりそのまま生前の状態を保（たも）っていて、なのに魂だけがごっそり抜け落ちている。そもそも余として今の黒舞戒を『死んでいる』と言っていいか、疑問が残るところではあるのだよね。より適切な言葉を探すなら――」

宮杵稲ははっとして、傍らに横たわる天狗の姿を見る。

かつて陰陽寮と結託して裏の仕事にあたったとき、これと似たような状態になった術師を見たことがある。あえて自ら肉体と魂を分離させることで、物理的な束縛から逃れて行動するすべ。その名も――『幽体離脱』

するとそこで、背後に控えていた露尾がおずおずと手をあげる。

「吸血鬼のほうにようやく裏が取れました。相手のほうからメールしてくるとは思っていなかったんすけど、やっぱり黒舞戒サマとは合意のうえらしいです」

「はあ⁉ こんなときに冗談も大概にしろよ露尾っ！」

「いやでもマジなんですって。オレも最初は半信半疑だったんすけど、言われて今確認したら黒舞戒サマからもＬＩＮＥ来てまして。死んだあとに」

宮杵稲は眉をひそめつつ、懐から携帯端末を取りだした。

京都から戻ってくるまでの間はなにもなかったはずなのに、言われて確認してみれば、自分のアカウントにも黒舞戒からの新着メッセージが届いていた。

発信されたのは三十分前。死んだやつからＬＩＮＥが来るなんて今どきの怪談めいているが、問題はむしろ内容のほうである。

ベタに天狗の仮面を使ったアイコンからはひとこと、

『――ちょっくら地獄に行ってくるわ』

宮杵稲はぽかんと口を開けて露尾を見る。

河童の若者はげんなりしたような表情をしていた。感情をぐちゃぐちゃにされまくったあげくにこれだから、戸惑うことにすら疲れはてているのだろう。
その気持ちはとてもよくわかる。
六百年の腐れ縁がある狐とて、どう反応したらいいのかわからない。
怒っているような、うんざりしているような。
あるいは心の底から安堵したような声で、こう言った。
「詳しいことは、吸血鬼を締めあげて聞いたほうが早そうだな」

シルヴァに指定された場所は駅前の繁華街、いくつかのテナントを抱えるビルの中だった。吸血鬼はその一角でバーを営んでいるという。実に夜の眷属らしい仕事である。
「宮杵稲サマ、くれぐれも気をつけてください。やつの根城は同じ市内どころか屋敷から目と鼻の先。だってのにオレたちがいくら探しても見つけられなかったんです」
「かなり高度な結界を張っていたのだろうね。ぼくに匹敵するレベルか、それ以上の使い手か。元人間ごときに後れを取るつもりはないけど、向こうの目的が見えてこないのが不気味だな。天狗の馬鹿から送られてきたメッセージも意味不明だし」
わけがわからないまま敵陣に乗りこんでいかなければならない状況に、宮杵稲は内心舌打ちする。とはいえ、当初よりはだいぶ冷静になっていた。

　黒舞戒は死んだわけではなく、自らの意思で幽体離脱しただけ――そう判明したことがおおきかった。なぜそんな真似をしたのかはさっぱりわからないし、吸血鬼に血を吸われた痕跡があるのも不可解だが、とにかく魂を戻しさえすれば生き返るのだ。なにもかも手遅れだと絶望しかけていただけに、戸惑いよりも安堵感のほうが上回っている。

　今のところは流れに身を任せつつ、自分たちの知らないところでなにがあったか判明でき次第、あらためて対応策を練っていけばいい。

　沙夢は先に帰らせ、露尾には「なにかあったらすぐ連絡するように」と言いふくめてから黒舞戒の身体が安置された九里頭の屋敷に戻させる。

　吸血鬼の根城となっているビルは見るからに物々しく、周囲に漂うかすかな妖気の揺らぎから、数えきれないほどの罠が仕掛けられていることを察知する。

　メールで来いと誘っておきながら、こちらの力量を試すような態度。まったくもっていい度胸だ。宮杵稲の着流しは黒く染まったまま、耳と尻尾も伸びっぱなし。いわば臨戦モード、邪神のごとき力を発揮するガチの姿である。

　なのでとことん容赦がなかった。

　ビルに入るなり舗装された床をバンと踏みしめ、凄まじい妖気の波動を建物全体に伝播させる。並のあやかしでは解除どころか認識すらできない黒魔術の結界も、魔界から呼びだされたデーモンやインプたちも、エジプト由来のいわくつき品々による罠の数々も、たったひと踏みでまたたくまに塵と化してしまった。

狐はふんと鼻を鳴らし、そしらぬ顔でエレベーターに乗りこむ。吸血鬼の店は四階の『BAR eclipse』——看板にはその名のとおり、闇に侵食された月のマークが描かれている。

店内に入ると、金髪の美青年がカウンターの向こうで笑みを浮かべていた。仕立てのよい白シャツに真っ赤な蝶ネクタイ、黒いスラックスを革製のサスペンダーで吊っている。絵に描いたようなバーテンダースタイルで、愛撫するような手つきでグラスを磨いている。

「ご予約の宮杵稲様ですね。お待ちしておりました」

「連れと待ち合わせしていたはずなんだけど、あいつは今どこにいる？」

「お先に地獄へご案内しましたよ。……と申しあげるだけですと、なにやら語弊がありそうですね。詳しく説明いたしますので、まずはお座りください」

宮杵稲は言われたとおりにする。あらかじめ罠を破壊しておいたからか、はたまた最初から店内だけは仕掛けていなかったのか、邪悪な気配はまったく感じず、むしろ居心地のよさそうな空間と言ってよかった。

それなりに年季の入ったビルだけに老朽化の跡があちこちに見られるが、内装は実にシックで古めかしさが味になっている。壁に飾られているのは往年のホラー映画やブロードウェイのポスター、銀の装飾が施されたマスケット銃、その傍らにはペーパーバック仕様の本が並んでいる。雑多なように見えてそれらには共通項があり、ずばり吸血鬼に関連した品々だ。プロファイリングするまでもなく、目の前にいる男は重度のナルシストだろう。

相手の出方をうかがっていると、頼んでもいないのにシャカシャカとやりはじめた。カクテルをすっと差しだしたあと、吸血鬼は見透かしたように言った。

「お酒に強くないと聞いておりましたので、バージンメアリーです」

トマトジュースとウォッカを使ったカクテル、ブラッディメアリーのノンアルコール版だ。客としてもてなすポーズをしながら『あなたのことは調べてありますよ』というメッセージを示してくるところがいやらしい。しかし手をつけずにいれば臆(おく)していると見られかねないので、眉をひそめつつも味見する。癪にさわることに、バーテンダーとしての腕前は確かなようだった。

「私は元々はごく平凡な、か弱い人間にすぎませんでした。それゆえ死の恐怖から逃れる方法を求め、吸血鬼となる道を選んだのです。当時の医学はままごとのように未熟で、しかもヨーロッパでは黒死病が大流行しておりましたので」

「……となるとお前はぼくたちと同じか、それ以上の時間を生きているわけだな」

「ざっと五十年ほどは。しかし先輩風を吹かすつもりはありません。生涯をかけて会得した闇の秘術の数々を、歯牙にもかけぬように踏み潰されたあとですから」

シルヴァは楽しそうにククッと笑った。宮杵稲は警戒のグレードをさらに一段階ほど引きあげる。人間をやめたあとの桜葉が六百年以上、邪悪な研鑽に身を染めた末路——それがこの男とするなら、力で勝っていたとしても油断はできない。

「こうして不老不死を会得し、陽の光もある程度は克服したとはいえ……貴方がたのようなあやかしと比べたらいまだ不完全な存在です。しかしご理解いただきたいのは、私は今このときまで一日たりともかかすことなく、生と死のあり方について探求し続けている専門家であるということです」

「御託はいい。さっさと本題に入ってくれないかな」

「黒舞戒様にアドバイスいたしました。お子さんのご病気を治す方法について」

なるほど。これで話が繋がった。九里頭に真実を告げられて悲嘆に暮れたすえに、黒舞戒はシルヴァの口車にまんまと乗せられてしまったのだ。

吸血鬼が教えた方法がどんなものなのかは聞くまでもない。あの馬鹿は実華に試してみる前に、まずは自分が吸血鬼になってみようと考えたのだろう。

宮杵稲はグラスに口をつけ、トマトジュースの中に隠されたタバスコの刺激をゆっくりと味わった。そのあとで、目の前の男をどうやって血祭りにあげようかと思案する。

我が子を救いたいという黒舞戒の願いにつけこむようなやつだ。容赦はいらない。しかし当の天狗の魂を元に戻すまでは、殺さずにしておいたほうがいいはずだ。不死がご自慢だというなら、溶ける寸前まで熱した鉄の棒に四肢を押しつけるか、はたまた生きたまま毒蛇に食わせるか。九尾の末裔だけに拷問のアイディアならいくらでも思いつく。

しかし続けて語られたのは、まったくもって予想外の答えだった。

「聖雲符と呼ばれる宝貝を知っておりますでしょうか」

「なんだって⁉」

「あっはっは。さてはお子さんを吸血鬼にするつもりかと考えていましたね。残念ながらそちらのアイディアは却下されましたたし、調子に乗って煽りすぎたせいでうっかり殺されかけてしまいましたので……よりクリーンかつスマートな手段を提示させていただきました。あの宝貝は身に宿る妖気を」

「説明はいい。ぼくもそのやり方は考えていた。しかし聖雲符ははるか昔に消失してしまったし、素材となる角を持つあやかしだって絶滅している」

「そうですね。四不像はすでにこの世に存在していない。ではどうするか、というのが最大のネックだったわけです。すると黒舞戒様は実にユニークなご提案をなさいました。いわく『ならば別のところを探せばよかろう』と」

その言葉の意味するところがわからず、宮杵稲は眉をひそめる。しかし直後にＬＩＮＥ

のメッセージになんと書かれていたかを思いだし、目をむいた。

「まさか地獄に行ったのか？　絶滅したあやかしを探しに、幽体離脱して」

「ご名答。吸血鬼の私から見ても、常軌を逸しているとしか思えませんでした」

「確かに……。はじめてお前と共感できたな」

結局、またしてもあの男に振りまわされていたわけだ。

宮杵稲は脱力して頭上をあおぐ。

人間の魂のほとんどは天に昇るし、一部の極悪人は地獄や冥府といったところに堕とされるものの、彼らのような脆弱な魂は瘴気にあてられてすぐに本来のかたちを維持できなくなる。しかしあやかし――それも四不像ほどの強い力を持った存在なら、地獄に堕ちたあとも魂を維持できている個体がいるかもしれない。

「実のところ閻魔大王は珍しいあやかしをペットにする悪癖がありまして、かの太公望呂尚も使役した霊獣となれば、間違いなくコレクションに加えているでしょう。聖雲符に用いられる角も妖気によって構成された霊的な結晶物ですから、四不像から譲り受けることさえできれば、自らの魂の内側に抱えこむことができます。その場合は幽体離脱から復活した際、額からにょきにょきと生えてくるわけですが」

絵面を想像すると馬鹿馬鹿しいものの、それで実華を助けることができるのであれば万々歳だ。いずれにしても……相変わらず突拍子もないアイディアばかり思いつくやつだ。そのうえ、どれほどの危険があろうと躊躇することがない。

すべては我が子を助けるために、か。

宮杵稲は同じ親として天狗の振る舞いを賞賛し、頼もしく思った。

「地獄というのは心の強さが試されるところです。肉体から離れているぶん妖力は不安定になりますし、気弱になっていたりすると本領を発揮できないことがあります。黒舞戒様はあやかしとして非常にお強いかたですが、内面についてはいかがでしょうか。たったひとりで、しかも本来の在り方から外れた不安定な状態で、悪鬼蠢く地獄に堕ちて再び戻ってくるなんて」

「不可能だというのか？　それを知ったうえで、お前はあいつを行かせたのか」

「私としては取り引きしただけですから。ふふ、貴方にも見せたかったなあ。吸血鬼に血を吸われるという快感に耐えられず、小鳥のような嬌声をあげてしまうあのかたの姿を。意外と敏感みたいですね、彼」

愉悦の笑みを浮かべる相手に我慢ならず、宮杵稲は牙をむく。直後、足もとからぼっと青白い火柱があがり、吸血鬼の身体は一瞬にして灰となった。

しかしシルヴァはなにごともなかったかのように再びカウンターの向こうに現れ、宮杵稲の胸もとを指で示した。激昂して気づかなかったが、懐の携帯端末がブルブルと震えている。出ようとした寸前で切れ、直後にメールが届く。

送り主は露尾だ。嫌な予感を抱きつつ確認すると、こう書いてあった。

『黒舞戒サマの身体がめっちゃ透けてますけど、これ大丈夫なんすかね？』

思わず険しい顔を浮かべてしまう。

そのあとで、吸血鬼に向けてこう言った。

「今すぐお前を血祭りにあげてやりたいところだけど、急用ができた。ぼくはこれから地獄に堕ちて、相談もせずに無謀な真似をしやがった迷子の馬鹿をお迎えに行かなきゃならないらしいからな」

「おふたりとも生きて戻られましたら、当店特製のオリジナルカクテルをご提供させていただきますよ。天狗と霊狐の生き血をウォッカで割った、ブラッディメアリーです」

「なら、つまみも用意しないと。吸血鬼を燻（いぶ）したベーコンだ」

シルヴァはその返しに満足したようだ。針を刺すような殺気や禍々（まがまが）しい気配が嘘のように消え、見ためどおりの青年らしい人懐っこい笑みを浮かべる。

「誰かのために命を賭（か）けられるというのは素晴らしいことです」

「羨ましいのか？」

「どうでしょうね。そういった感情はとうに忘れてしまいましたから」

しかし表情を見るに、この男にもまだ人間らしい部分は残されているようだ。笑いながらグラスを手に取り、店に入ってきたときと同じように黙々と磨きはじめる。

吸血鬼の夜は長い。ひとりとなれば、なおさらに。

宮杵稲はあらためて、実華を同じ道に歩ませまいと誓った。

たとえ親より先をゆくとしても、多くの出会いを楽しめるように。

3

宮杵稲と吸血鬼の対面からさかのぼること一時間前。

黒舞戒は深い闇の底で途方に暮れていた。

はっきり言ってやばい状況だった。死んでいるのだから当たり前ではあるが。

俺は最強の天狗だから幽体離脱しても大丈夫。地獄に堕ちようがスキップを踏みながら目的を果たしてこれるわと、吸血鬼の前で高笑いをあげていたものの——いざ足を踏みいれてみたらまったくもって大丈夫ではなかった。生まれながらに強靭な肉体と膨大な妖力を持ち、大抵のことは力業で跳ね返してきたがために、魂のみの不安定な状態にほとんど対応できなかったのである。

賽の河原だとか、血の池だとか煮えたぎる大釜だとか、凶悪きわまりない形相をした悪鬼羅刹の群れだとか。いかにも地獄といった感じのおどろおどろしいアトラクションが待ち受けていたのであれば、黒舞戒とていつものように強気でいられたかもしれない。

実際は、歩けど歩けど闇。

ほかにはなにもなく、ひたすら虚無の空間が広がっている。

暗闇を見通せる天狗の眼をもってしても、鼻先まで近づけてようやく手のひらが見えるかどうかというほど。これが夜の山であれば、なにもないようでそこかしこに動物の寝息や草木の擦れあう音が聞こえてくるのだが、ここではまったく生命の気配を感じなかった。

まさに地獄の淵。死後の世界。

時間がとまったように静かで、しかも異様に寒い。

「我こそは根本の黒舞戒！　閻魔大王でもなんでもいいから早く出てこい！」

声を張りあげてみるも、返ってくるのは沈黙だけ。おかげでいっそう不安になってくる。

手がかじかみそうなほど冷えているのに、吐く息は白くならない。というより魂のみの状況だから息をしていない。はっとして顔を胸もとに近づけると服すら着ていなかった。慌てて股の間を隠そうとするが、誰も見ていないのだから気にする必要ないかと、すぐさまぱっと手を離す。

直後、盛大にすっ転んだ。

痛い。なぜこれしきのことでダメージを受けるのか、丈夫な身体に慣れているだけに戸惑ってしまう。地獄に堕ちる前の天狗は甘く考えていたが、魂のみの状態というのは洒落にならないほど無防備だ。その不安定さゆえに、ほんのちょっとの恐怖や動揺が命取りになる。

完全に準備不足。せめて宮杵稲に相談して、万全の態勢を整えてから敢行すべきだった。しかし勢い余ってそのまま突っ込んでしまったのも、当時の心情からすれば無理からぬことではあった。

地獄に堕ちて四不像の角を手に入れることさえできれば、実華を助けられる。

直前まで悲嘆に暮れていた天狗にとっては、まさしく藁にもすがる思いだった。とにかく早く救ってやりたかった。可愛い我が子が病気によって萎んでいく様を、眺めていることしかできない自分が許せなかったのである。

死。

生まれてはじめて理解する、根源なる恐怖。

実華と暮らすようになって、宮杵稲といっしょに親となって。生きることの喜びを身に染みて味わっていたからこそ、それが突然に失われてしまうかもしれないという実感は、黒舞戒にとって耐えがたいものだった。

たまたま運が悪かったとか、そのときだけほんのちょっぴり気が抜けていたとか。たったそれだけの理由で長年にわたって積みあげてきたものが、あとかたもなく崩れ去ってしまう。理不尽だと力のかぎり叫ぼうとも、こんなはずじゃなかったと泣きわめこうとも、誰かが優しい言葉をかけてくれることはない。弱者の世界では当たり前のように存在していて、しかし最強の天狗にとっては今の今まで他人事のように縁がなかった、身も蓋もない現実。

また、転ぶ。

内側からじんじんと響くような痛みに、その場で倒れたまま、うずくまる。

地獄に堕ちる前から、疲弊しすり切れていた心である。これまでの生涯で経験した覚えすらない恐怖や痛み。それは天狗の魂に深刻な影響を与え、今や生まれたての子鹿のごとく頼りない有り様になっていた。手足は見る影もなく縮み、屈強な体軀は痩せ細り、異国の神々のようだった顔つきはあどけない幼子のものに変わっていく。泣きべそをかき、寒さに震え、痛みにうずくまり、恐怖に苛まれる、見苦しいまでの弱者の魂。

だが、それでも心の奥底に灯る炎は消えなかった。

小さくか弱い天狗は立ちあがり、足を引きずりながら前へ前へと進んでいく。

終わりなき闇。はてしなく続く静寂。

そんなものよりはるかに恐ろしいのは、今ここで自分が挫けてしまったら、実華を助けられないという事実である。どれほど苦しくても、寒くて痛くても、我が子の苦しみに比べたらたいしたことではない。

長い長い時間だった。

外の世界では、まばたきするよりも短いほんの一瞬の出来事だった。

歩いている途中で膝から崩れ、立ちあがろうとあがいても足が動かない。暗闇の中で目を凝らしてみれば、右足の脛から先がなくなっていた。がらがらと音を立てて、残っていた足のほうも、砂のように崩れさっていく。

ふざけるな。こんなところで終わってたまるものか。

俺が。黒舞戒ともあろう男が。

地べたをつかむ指が砕けちっていく音を聞きながら、芋虫のように這っていこうとする。生まれたばかりの実華もこんな感覚だったのだろうか。そりゃ泣きたくもなるわけだ。

人間は弱くない。子どもだって、大人たちが考えているよりずっと強い。生まれもった力に頼りきりだった自分より、不自由な世界で生きている実華たちのほうがずっと芯がある。今でさえ、あの子はつらい病気に対して気丈に立ち向かっているのだ。

子育てをして、家事ができるようになって。周囲に目を配ることや他者に気遣うことを覚えて、人の世で生きていく自信をつけてきた。しかし今こうして暗く寂しい世界の中でひとりきりになっていると、自分はとんだ勘違いをしていたのではないかと思えてくる。

守ってやらなければ、なんて思いあがりにもほどがある。

守られていたのは自分のほうだった。

周囲の優しさに。温かさに。

なぜいつもいつも、取り返しがつかなくなってから気づくのか。

やれるときにやっておけばいいのに、今さらになって後悔するのか。

せめてこうなる前に伝えておけばよかった。

気恥ずかしさなんてかなぐり捨てて、ありのままに。

俺は。

お前を。

お前たちのことを。

「あ――」

しかし言葉は途切れてしまう。

死は等しくおとずれる。思いのほか短かったと、嘆く暇さえなく。

黒舞戒の魂はばらばらに散っていった。

あとに残されたのは、どこまでも広がる闇と静寂。

はるか先からかすかに、小さな光が走った。

それは彗星のようにぐんぐんと近づいていき、黒舞戒の消えかけていた魂の最後の一片を包みこむ。意識はおぼろげで、光を見ることさえできなかったが、じわじわと伝わっていくぬくもりだけは感じられた。

頰に優しく触れられるような。頭をそっとなでられるような。

肩をぎゅっと抱きしめられるような。

声。

誰かが呼んでいる。

とぎれとぎれだった思考は徐々に集束していき、同時に崩れていた魂も引き寄せられるようにして戻っていく。幼い少年のようだった姿は勇ましい美丈夫に。

ふわふわとしていて、自分というものがあいまいで。もうちょっとだけこのままでいようかなとも思うのだが、光はどんどん広がっていって、闇の底にずぶずぶと沈んでいた魂を引きあげていく。

それにしても、やかましい声だ。

誰が呼んでいるのかは考えるまでもなかった。ただの名前でなく、家族になろうと誓いあったときの。特別なときにしか使わない、新しい名前を呼んでいるのだから。

『こんなところで死んだらただじゃおかないぞ！　黒宮――舞戒っ！』

はっとして起きあがる。

リビングのソファでくつろいでいるうちに、また眠りこけてしまったか。

しかし周囲を見渡してみると、ごつごつとした岩肌ばかり。黄昏(たそがれ)色の空に赤黒い雲。その真下には、紫色の瘴気を放つ毒沼が広がっている。

「ここは……？」

「地獄の入り口さ。君は迷ったあげく、目的地とは真逆にある輪廻(りんね)の渦に呑みこまれていた。引っぱりあげるのがあともうちょっと遅れていたら魂ごとリサイクルされていたよ」

振りかえると背後に宮杵稲が立っていた。自分と同じく魂のみの状態なのか、美しい肢体が余すところなくあらわになっている。

意識がはっきりとしていくにつれ、無言で眺めているのが気まずくなってくる。黒舞戒はぷいと顔を背けてからこう言った。

「わざわざ追いかけてきたのか。俺だけでもなんとかなったというのに」

「どの口でそんなことが言えるんだ。助けてもらっておいて」

「まあちょっとした計算違いがあったのは認めるが……いや、すまん。やっぱひとりでは無理だった。俺が悪かったたし、次からはマジで気をつける」

「本当に？」

「約束する。だからそんな顔をするな、宮杵稲」

最初は怒っているのだと思った。

しかし、宮杵稲のまぶたからぽろぽろと涙がこぼれ落ちてくるのを見て、いつものように憎まれ口を返すことができなくなってしまった。

こういう反応が一番困る。六百年ずっと顔を突きあわせてきたのに一度もなかったことだから、どう対処すればいいのかわからなくなってしまうのだ。

さんざん迷ったすえに、ぎゅっと抱きしめる。

赤子をあやすときのように、優しく。もう大丈夫だからと――伝えるために。

そしたら思いっきり横っ面を叩かれた。

「ちょっ……！　なぜキレる⁉」

「ヨチヨチしてごまかそうとするな！　事前に相談してくれれば、君だって大変な目にあわなくてすんだのにさ！　いつもいつもそうやって勝手に決めて突っ走る。桜葉に丸めこまれて山に帰ったときも今回も、残されるほうの気持ちを考えたことがあるか⁉　もしあのまま輪廻の渦に呑みこまれていたら、あの子の病気を治せたとしても救われないじゃないか！」

「わかったから落ちつけ。悪いと思っているからさっきから謝っとるだろうに」

「じゃあ土下座しろ！　今すぐ腹を切って詫びろよ馬鹿！」

何度も何度も頭を殴られる。

幼いころに、けんかをしたときのように。

実華より手強いキッズになってしまった狐を見て、天狗はあらためて自らの行いを恥じた。負担をかけさせまいと考えたから黙って出ていったのに、それで心配をかけさせていたのでは本末転倒である。

せっかくきれいな顔をしているのに……紙を丸めたみたいにくしゃくしゃになって。まぶたからぽろぽろと雫をこぼして。九尾の末裔のくせに情けないったらありゃしない。

だが、そんなのはお互い様だ。

自分なりに色々とできるようになって成長したと勘違いしていたが、実際のところは今も昔もなにも変わっちゃいない。

ひとりでやれることには限度があって。だから、

「俺はどうやら、お前がそばにいないとだめらしい」

「そうだよ。わかったらもっとぼくに感謝しろ」

鼻水を啜りながら、よくもまあ偉そうに言えたものだ。

お前とて、俺がいなければてんでだめなくせに。

結局のところ似たもの同士なのだろう。

繊細で、不器用で。頑固なくせに、余計な気をまわして空回り。

いつも隣にいたのだから、ちょっと話をするだけでよかったのだ。

おかげで弱みを握られてしまった。

黒舞戒としては気性の荒い動物を前にしているような気分だったが、宮杵稲の尻尾はふりふりと揺れていた。なので勇気を出してもう一度、肩をそっと寄せて抱きしめる。よし、今回は大丈夫。素直になっちまえば可愛いものである。

お互い服を着ていないどころか、魂のみの無防備な状態だから——相手のぬくもりが直に伝わってきて、なんだか気恥ずかしくなってくる。狐のやつも絶対にそう感じているはずなのだが、自分からおっぱじめてしまっただけになかなか離れることができず、しばらく無言のままそうしてしまう。

やがてどちらともなくクスクスと笑いだした。

「人の世で暮らしていくのであれば、報告、連絡、相談が大事。それは家族であろうと変わらぬということか。またひとつ勉強になったな」

「六百年生きてきてようやく、社会人の基礎からかよ。まあ君らしいけどね」

「最強の天狗である黒舞戒様には必要がなかったのだから仕方あるまい。まったくお前たちと暮らしていると面倒なことばかりだぞ。わざわざ地獄くんだりまでやってきて、いるかどうかもわからん四不像を探さねばならんとは」

黒舞戒は丘のうえから地獄の景色を眺め、鼻を鳴らしたあとで腕を組む。

実華の病気はなんとしてでも治さなければならないし、うまくいったとしてもこれから先、同じかそれ以上の問題が次から次へと降りかかってくるだろう。

力があるだけでは乗りきれない。不退転の覚悟や、親としての心構えがあったところで解決できるとはかぎらない。この世界は理不尽なことばかりで、神様に祈ろうが仏様に願おうが、都合よく奇跡が降ってきたりはしないのである。

だとしても、最後まであがくとしよう。

大切な家族との日常を、いつまでも楽しくするために。

「……ねえ、あそこにいるの四不像じゃない？　『封神演義』の挿し絵に描いてあるやつにそっくりなんだけど」

「鍋でぐつぐつ煮こまれておるな。地獄でどんな罪をおかしたらあーなるのだ」

話しながら、道中までの距離と地形を確認する。紫色の瘴気が漂う毒沼の周りには、鬼の精鋭らしき武将たちと亡者の群れ。そこを越えるとジャングルのような森があり、木々の狭間から巨大ながしゃどくろが頭をのぞかせている。

四不像が浸かっている釜の手前には、金の柱で築かれた豪奢な見張り台。見るからに強そうな髭面のあやかしが、仁王立ちしながら周囲の様子を眺めている。身の丈はがしゃどくろと大差なく、血のように赤い道着をまとっている。これだけの距離があってもピリピリとした威圧感が伝わってくるし、現世ではまずお目にかかれないような規格外の妖気だ。

となればやはり、

「あれが噂に聞く閻魔大王か。最後のほうのルートは隠れるところがなさすぎるから、どうやってもけんかを売るはめになるな。しかも道中にいる敵の多さを考えると、最新のゲーム機でも処理落ちするレベルの大群に囲まれるぞ」

「百鬼夜行の乱が可愛く思えるほどの勢力だね」

「あのときも骨が折れたなあ。俺ひとりでは無理だったかもしれんが」

「ふたりでやれば、なんとかなる……だろ?」

天狗と狐はにやりと笑い、拳を突きあわせる。

すると次の瞬間、お互いの姿に変化が現れた。黒舞戒の燃えるような赤毛はうねうねと広がり、肩までかかる長髪となる。宮杵稲の艶やかな黒髪は先端が赤く染まり、灯火がついたように広がっていく。

ふたりの背中から伸びるのは右が黒、左が白の巨大な翼。身にまとうのは着流しでもスーツでも作務衣でもなく、金色に輝く騎士の鎧だ。丘のうえで勝鬨をあげるように腕を掲げて咆哮すると、まばゆい光とともに二振りの刃が現れる。天狗と狐はうなずきあい、両者の絆が具現化した不壊の聖剣をぎゅっと握りしめた。

魂のみの状態は、心の強さがものを言う。ゆえに条件さえ揃えば、現世にいるとき以上の力を発揮することがある。ひとりのときは弱っちくて情けなくて、親としてもだめだめかもしれない。

しかし父と父、我が子のために力を合わせれば。

どんなに無茶なことだって――やれてしまうのである。

「どちらが先に四不像のところまでいけるか、競争するとしよう」

「なら君のために罰ゲームを考えておかなくちゃね」


その後の顚末については、あえて語る必要はないかもしれない。

閻魔大王はしばらく現世に通じる門を閉じ、絶滅したあやかしをコレクションすることもひかえるようになったという。

天界の大天使ミカエルや魔界の王サタンはこの一件のあと、現世に黒舞戒と宮杵稲という強大なあやかしがいる事実を認識した。秩序を妨げ、混沌を招く未知の存在――ミカエルは議会を招集して危機感をあらわにし、サタンは玉座に腰かけながらほくそ笑む。地の底ではリヴァイアサンが終末の気配を感じて寝返りをうち、永久凍土に封印されし古の邪神は不気味に鳴動しはじめる。

しかし、天狗と狐にとってはすべて些細な出来事である。

我が子が再び元気に、走りまわることに比べたら。

エピローグ　天狗と狐、再び父になる

1

「せーのっ！　実華ちゃん快気っ！」

「アンド黒舞戒様復活おめでとうございます！」

ひさびさに戻ってきた宮杵稲の屋敷にて。揃いの赤いパーティードレスでおめかしした千代と沙夢がタイミングを合わせてクラッカーを鳴らす。祝われているほうの実華は目を丸くするばかり。不思議の国のアリスのコスプレをした姿が実に今の状況とマッチしている。

鎌倉旅行で意気投合した小娘ふたりは急な話だったにもかかわらず、抜かりなく今回のパーティーを企画した。リビングのあちこちに色とりどりのバルーンやフラワーポンポン、天井にはガーランドが吊るされていて実に賑やかだ。テーブルには、千代の母である祥子が今日のためにわざわざ作ってきてくれたご馳走の数々。さすがは熟練の主婦というべきか、手巻き寿司のセットに山盛りの唐揚げにフライドポテト、ロールキャベツにシーザーサラダに自家製ピクルスなどなど、家庭的な料理はどれも美味しそうに見える。

それはさておき。黒舞戒もいっぺん死んだばかりに実華とセットでパーティーの主賓になってしまい、一同から皮肉をこめて渡されたイエス様のコスプレ衣装に身を包んでいる。地獄から連れ戻してきた宮杵稲のほうは真っ黒なローブと段ボール製の大鎌という死神ルック。家族を代表して仏頂面のままロウソクの火をふーと消すと、周囲から再びパチパチパチと拍手の嵐。祝われているというより、体よくおもちゃにされているような気分である。

場が整ったところで、進行役の露尾が言った。

「地獄に堕ちたあげく閻魔大王の軍勢と一戦まじえて四不像の角をゲットしてきた、なんて話をされても黒舞戒サマと宮杵稲サマでなければ誰にも信じてもらえないっすよ。しかもそのあと、シルバーアクセサリーの制作技術を活かして聖雲符を新たに作りだすとは……実華ちゃんのためとはいえ、どんだけ伝説を作れば気がすむんすか」

「はっはっはっ！　俺は最強の天狗だからな、不可能はない！」

「迷子になって半べそかいていたくせによく言うよ」

「泣いていたのはお前のほうではないか。ハグしてやったら暴れだすし、実華よりよっぽどあやしてやるのに難儀したぞ」

「ば、馬鹿！　こんなところで言うやつがあるか！　今すぐ忘れろっ！」

あたふたする宮杵稲に、一同から「ほう……」と生温い視線が注がれる。父と父の痴話喧嘩を見て、実華はケラケラと笑う。その生意気な表情からも、やんちゃなキッズ完全復活といったところである。

狐はため息まじりに我が子を抱えあげ、感心するように言った。

「でも今回の件で一番がんばったのは実華だよね。病気で苦しかったはずなのに泣きごとひとつ言わなかったし、ぼくたちのことを信じて待っていてくれた」

「地獄から戻ってきたあと、布団からよちよち出てきてハグしてくれたときは、さすがの俺もうるっとしてしまったぞ。実華は見かけよりずっと強くて優しい」

「やー。それほどでもー」

「実華ちゃんたら謙遜してる。すでにあたしよりオトナじゃん」

と、千代がクスクス笑いながらツッコミを入れる。

しかしキッズの成長速度たるや凄まじく——そこでいきなりふよふよと宙に浮き、誰も手をつけていなかったケーキのいちごをひょいとつまむ。その規格外の大物っぷりに、一同は驚きを通りこして苦笑い。

こういうとき、普段なら高笑いをあげて場を取り持つのが黒舞戒である。ところが今日はなぜか神妙な顔をして黙りこんでいる。テーブルに並んだ料理の中から手巻き寿司のセットを選び、自分でサラダ巻きを作りながらこんな話をしはじめた。

「このとおり実華は人間でありながら妖術に長けている。しかしあやかしほど丈夫なわけではない。そのあたりに育てていくうえでの難しさがあるのだろう。今回ばかりはつくづく思い知ったわ。自分がいかに無力であるかをな」

思いもよらぬ発言に、隣にいた宮杵稲はまじまじと見つめてしまう。他者の前では強がることばかりの天狗が、率直に弱音を吐いている。つまりそれだけ、実華を病気にさせる原因を作ったことを重く見ているのだ。

「俺たちはあやかしとしても親としてもまだまだ未熟で、これから先も勝手がわからずあたふたとするだろう。対価として差しだせるものがあるかわからんが……露尾、千代に祥子、それから沙夢よ。なにかあったときは力になってもらえぬだろうか」

ひとりでやれることには限度がある。今回は宮杵稲と力を合わせることでなんとかなったが——たとえ閻魔大王の軍勢と互角にわたりあえる強さがあろうとも、世の中には乗り越えられない困難だってあるはずだ。そういうとき、仲間は多ければ多いに越したことはない。

誰もなにも言わないので、天狗はしばらく顔をあげられなかった。すると狐がぷっと吹きだし、たちまちリビングに笑いの渦が巻き起こる。

「相変わらず馬鹿だなあ君は。みんなの顔を見てみなよ」

はっとして顔をあげると、みな同じような表情を浮かべていた。

呆れているような、からかうような、ニヤニヤとした笑み。

「今さら水臭いっすよ。オレたちだって実華ちゃん可愛いんすから」

「あと天狗ちゃんと狐ちゃんも可愛いからね。お節介(せっかい)焼きたくなる」

「お母さんも千夜ちゃんと同じ気持ち。目の保養になるし」

「拒否されても一族総出で押しかけますから、覚悟していてくださいね」

いやはや、力強いかぎりである。

不覚にもうるっとしてしまい、天狗はうまく返事を言えなかった。

すると実華がふよふよとやってきて、そのまま膝のうえにお座り。じっと見つめてきたかと思えば、生意気にもぺちんとビンタをかましてくる。

この子はやはり賢い。与えなければ優しくされない。だからいつも優しくされたくて、優しくなりたくて──みなになにかを与えようと躍起になっていた。しかしそれも、ただの勘違いだったのだ。

たとえ強くなくても。町を守っていなくても。

「たまには甘えたっていいんだよ。ぼくたちは家族で、仲間なんだからさ」

「そうか……。俺も赤ちゃんみたいにバブバブしていいのか……」

「いや、節度は守ってくれよ」

宮杵稲の鋭い返しに、再びリビングに笑いの渦が巻き起こる。

つられて黒舞戒も、そして実華も笑顔になる。

苦難を乗り越えたあとだからこそ、なにげない時間が余計に身に染みてくるのだった。

◇

ワイワイ騒ぎながら片づけをしてパーティーの参加者たちが帰っていくと、リビングは一気に広く、そして静かになった。

浮ついたコスプレ衣装から揃いの紺色パジャマやらピンク色のワンピースやらに着替え、数週間ぶりの家族水入らずにほっと息を吐く。ここのところ稲荷の屋敷でずっと沙夢や侍従たちと生活をともにしていたからか、お互いの息づかいを近くに感じてソワソワしてしまう。雨降って地固まるとはよく言ったもので、実華の病気を経て家族の絆はいっそう強まったように感じられた。

その事実を示すように、黒舞戒の胸もとで輝くドッグタグのネックレス。宮杵稲の白くしなやかな手首を飾る銀のアクセサリー。そして、実華の首に吊るされた小さな勾玉——四不像の角を削りだした聖雲符にも、共通の字となった『黒宮』の文字が刻まれている。

いつの日か実華も立派な大人に成長して、妖気を増幅する呪物がなくとも暮らしていける日が来るかもしれない。そしてまだ見ぬ誰かと絆の証になるような品を分かちあい、この屋敷を出て新しい家族を作る。

そんな未来を想像すると親としては寂しいものの、人間であれあやかしであれ昔からそうやって繁栄してきたのだから、甘んじて受け入れるほかあるまい。狐のやつは今の溺愛っぷりからすると、往生際悪く引きとめそうではあるが。

「……ガキんちょひとり育てるだけでこうも大変なのだから、テレビでやってるような大家族なんぞは見ている以上に修羅場なんだろうな」

「うちはこれ以上増える心配ないから他人事だけど、実華みたいな子がいっぱいいたらと想像すると確かにぞっとするなあ。ああでも、可愛さも二倍かな」

「みか、いっぱい？」

「待った。こやつなら妖術で分身を作りかねんぞ。この話題は危険だ」

キラキラした眼を向けてきたキッズに、天狗と狐は慌てて口をつぐむ。病気の対応措置とはいえ聖雲符で妖気が増幅されているのだから、術の規模はいっそう規格外なものになりかねない。一難去ってまた一難。子育てに平穏がおとずれる日はないのである。

しかし考えようによっては、こうやって思い悩むことすら贅沢なのだろう。実華が自立したあと、あのころは賑やかだったと懐かしむ日も、確実におとずれるのだから。

黒舞戒はしみじみとそう感じたあと、隣に座る宮杵稲を見る。

子育てを終えたときのことなんて考えたことさえなかったが――。

「どうしたの急に。ぼくの顔をじろじろ見て」

「いや、たいしたことではないが……腐れ縁というのもここまで来ると本物だなと感じたまでよ。百年先もずっと顔を突きあわせていそうだからな」

「そりゃそうだろ。家族になったのだから、いやでもずっと暮らすはめになる」

当たり前のように言われたものだから、黒舞戒はおかしくなってニヤけてしまう。我が子が倍速で成長していったとしても、変わらぬものがそばに残り続けるのならば安心だ。

調子に乗ってハグしようとすると、宮杵稲は狐狸のあやかしらしく飛び跳ねるようにして身を引いた。あからさまに嫌がられるといじめっ子魂がむくむくと湧いてきて、獲物を狙う狼のごとく執拗に追いかける。父と父はリビングをぐるぐる回るように走りまわり、それを見ていた実華がぱっと割りこんで一時停止。結局みんなして床に転がり、ぜえぜえはあはあと息を吐く。

馬鹿なことをするなと耳もとで叫ばれ、それが余計におかしくて天狗は腹を抱えて笑いだす。ふたりの腹に挟まるように寝転んでいる実華は、たいそう嬉しそうな顔をしている。だから天井を見あげながら、神様に祈らずにはいられない。

どうかすこしでも、この一瞬が長く続くことを。

病めるときも健やかなるときも。富めるときも貧しきときも。

ともに助けあい、暮らしていけますように。

しかし、である。

次の苦難は思っていたよりもずっと早くにおとずれた。

それは秋の紅葉が深まるころ。冷たいからっ風とともに群馬の厳しい冬が間近に迫ろうとする、十月の半ば(なか)を過ぎたあたりの寒い日の出来事であった。

黒舞戒はリビングで、春のうちに収納しておいたセーターやらダウンやらを引っぱりだして衣替えを敢行していた。洒落者の宮杵稲は超がつくほどの衣装持ち。そのうえ仕事でストレスが溜まると実華のためにキッズ服を買い漁る(か)(あさ)ため、父ふたり子ひとりとは思えない膨大な量の衣服に囲まれる。

成長を見越して先物買いするのは構わないが、ガキんちょの背丈がそう思いどおりに伸びてくれるわけではない。ガバガバだったりピチピチだったりすることが多く、新品の服を引っぱりだしては着せてサイズを確認するという苦行が発生してしまうのだ。

終わりなきお人形さんごっこに、実華はだんだん不機嫌になっている。天狗はやる前から億劫(おっくう)だった。楽しいのはこの場にいない狐だけ。着れる服とピチピチガバガバを選り(よ)わけたあと、自分はイッセイミヤケの黒いタートルネックセーターとヘリルのカシミヤ混デニムパンツを合わせ、実華にはジェシーアンドジェームスのドレープがついたワンピースを着せる。サイズが合わない服はフリマサイトに出すか稲荷の子らにお裾分けするほかない。

ようやく片づいたところで、フローリングの床に大の字で寝転がる。時計を見れば正午をすぎていた。わざわざ昼食を作る気になれず、今日はロイホで豪遊するかと、実華を抱えて立ちあがる。

と、そこでテーブルに置きっぱなしだった携帯端末が着信を知らせた。珍しいことに宮杵稲の会社からである。嫌な予感を抱きつつ手に取ると、腹心の部下であるくだぎつねのあやかしから思いもよらぬことを告げられた。

「――なんだって⁉ 狐のやつが会議中に倒れただと⁉」

いわく出社したときから体調が芳しくなく、だのに無理を押して出席した結果だという。ただちに救急車で搬送されたものの意識はしっかりあるようで、仕事による過労ではないか、というのがくだぎつねからの報告だった。

黒舞戒は通話を切ったあと、内心で憤りを募らせる。

夏場に実華の件で休みまくったから、それを取り戻すために働きまくっていたのだろう。たまには甘えろと言うわりに、自分は疲れや不調をひた隠しにして倒れるあたり、ふたりは本当に似たもの同士なのであった。

ひとまず実華を稲荷のところに預け、黒舞戒は宮杵稲のもとへ急ぐ。

九里頭お抱えの小さな病院に搬送されたわけだが、あやかしの看護師たちはなぜかこちらを見てヒソヒソと囁きあっている。医者は「待合室でお待ちを」と言ったきり二時間以上出てこない。院内はドタバタと慌ただしく、たまにどでかい機器が廊下をすーっと横ぎり検査がどーたらと怒鳴りあっている。

子犬のようにおとなしく待ちながら、天狗は不安を隠せないでいた。どう考えたって普通ではない。過労と聞いていたのに、実華を診せたとき以上の物々しい雰囲気である。

やがて看護師に呼ばれて医者のもとへ行くと、青い病院着に身を包んだ宮杵稲が待っていた。世界の終わりが来たような顔で、耳と尻尾が力なく垂れている。

「もしかしてぼく、死ぬのだろうか……」

「気を強く持て！　俺がついておるからなんとかなる！」

勇気づけるようにぎゅっと手を握るものの、天狗も同じくらい恐れ慄いていた。実華の病気が治ったと思ったら今度は狐の身体に問題発生とは、寺か神社で厄祓いしてきたほうがいいのではないかというレベルのついてなさである。

しかし医者は顔を見せるなり、

「宮杵稲さん黒舞戒さん。おめでとうございます！」

と言って、へらへら笑いながら肩を叩いてくる。

おかげでふたりは鳩が豆鉄砲を食ったような顔をして、見つめあう。

「待ってくれ。こいつになんか悪い病気があるのではないのか」

「違います違います。まあ普通の状態ではないといえばそのとおりですし、私どもとしてもこんな症例ははじめて目にするのですが……ははは。あらためてお伝えするとなると気恥ずかしいですなあ。いやあまったく」

「御託はいいからさっさと言え！　こんなに体調悪いのにめでたいことあるかよ！」

「ご懐妊されています。おふたりのお子さんですよ」

天狗と狐は揃って「は？」と言った。

しばし間を置いたあと、また顔を見あわせて「は？」と言った。

「お前、赤ちゃん作れたのか」

「んなわけあるかよ。冗談も大概にしろ」

「おふたりとも仲悪そうに見えますけど、やることはやっているんですねえ」

「やっとらんわ！　いや、チューしたり裸で抱きあったりはしたが」

「ば、馬鹿！　君もいらんこと言うな！　ナメクジとかアメーバじゃないんだからそれくらいで妊娠するわけな――え、ぼく妊娠してんの？　マジでなんで？」

宮杵稲は混乱のあまり今にも気絶しそうな勢いである。

黒舞戒も同じくらい動転していたが、なんとなく引っかかるところもあった。

普通に考えたらなにもしていないのに赤ちゃんができるわけがない。そもそも男同士でそういう真似ができるわけがない。山育ちの引きこもりゆえにアダルトな知識に疎い天狗ではあったが……ただひとつだけ、狐に対して『普通ではないこと』をした覚えがある。

「そういえばこいつに妖力の核を分け与えたな」

「あ、たぶんそれですね。すでにあった核が再生すると、余ったぶんから新たな核が分離する。結果として、そこから新たなあやかしが誕生します」

宮杵稲は開いた口が塞がらない。

黒舞戒は恐れ慄いて今にも逃げだしそうになっている。

医者の説明を聞くかぎり、確かにそれはふたりの子どもといって差し支えなかった。

長い長い沈黙のあと。天狗はうわごとのように呟いた。

「つまり俺たちは、また父親になるってことか……？」

ずいぶんとピントのズレたコメントである。

しかしそれはあながち、間違いではなかった。

この作品は書き下ろしです。

〈著者紹介〉

芹沢政信（せりざわ・まさのぶ）

群馬県出身。第9回MF文庫Jライトノベル新人賞にて優秀賞を受賞し、『ストライプ・ザ・パンツァー』でデビュー。小説投稿サイト「NOVEL DAYS」で開催された、講談社NOVEL DAYSリデビュー小説賞に投稿した『絶対小説』にてリデビューを果たす。

天狗と狐、父になる
春に誓えば夏に咲く

2023年9月15日　第1刷発行　　定価はカバーに表示してあります

著者……………………………芹沢政信

発行者…………………………髙橋明男
発行所…………………………株式会社 講談社
〒112-8001 東京都文京区音羽2-12-21
編集03-5395-3510
販売03-5395-5817
業務03-5395-3615

KODANSHA

本文データ制作……………講談社デジタル製作
印刷……………………………株式会社ＫＰＳプロダクツ
製本……………………………株式会社国宝社
カバー印刷……………………株式会社新藤慶昌堂
装丁フォーマット…………ムシカゴグラフィクス
本文フォーマット…………next door design

ISBN978-4-06-533230-6　N.D.C.913　218p　15cm

芹沢政信

天狗と狐、父になる

イラスト
伊東七つ生

「僕たち、結婚するべきじゃないかな」仇敵(きゅうてき)の霊狐(れいこ)が食後のリビングで告げる。天狗・黒舞戒(コクブカイ)はふかふかのソファからずり落ちた。

遡(さかのぼ)ること1年前。あやかしとして富と力を奪い続けてきた天狗は変わらない自分に飽き飽きしていた。600年の間に、人は山を拓きビルを立てたというのに——。一念発起し、ボロボロの社から山を下りた黒舞戒に待ち受ける試練は、宿敵と人間の赤子を育てること！

芹沢政信

絶対小説

イラスト
alma

伝説の文豪が遺(のこ)した原稿〈絶対小説〉。それを手にした者には比類なき文才が与えられる。新人作家・兎谷三為(うさぎだにみつなり)にそんな都市伝説を教えた先輩は忽然(こつぜん)と姿を消した。兄と原稿の行方を探すことに誘われた兎谷は、秘密結社に狙われて常識はずれの冒険に巻き込まれる。絶対小説とは何なのか、愛があっても傑作は書けないのか——。これは物語を愛するしかない僕とあなたの物語だ。

友麻 碧

水無月家の許嫁

十六歳の誕生日、本家の当主が迎えに来ました。

イラスト
花邑まい

水無月六花は、最愛の父が死に際に残したひと言に生きる理由を見失う。だが十六歳の誕生日、本家当主と名乗る青年が現れると、〝許嫁〟の六花を迎えに来たと告げた。「僕はこんな、血の因縁でがんじがらめの婚姻であっても、恋はできると思っています」。彼の言葉に、六花はかすかな希望を見出す——。天女の末裔・水無月家。特殊な一族の宿命を背負い、二人は本当の恋を始める。

《最新刊》

唐国(からくに)の検屍乙女
水都の紅き花嫁

小島 環

大注目の中華検屍ミステリー！　引きこもりだった見習い医師の紅花(こうか)に結婚が舞い込む!?　破天荒な少年・九曜(くよう)と紅花は、白牡丹の水死体の謎に挑む！

天狗と狐、父になる
春に誓えば夏に咲く

芹沢政信

最強の天狗と霊狐、初めての共同作業は子育て!?　吸血鬼との激闘、実家への挨拶や家族旅行、思い出たっぷりの天狗×狐ファンタジー第二弾！

新情報続々更新中！

〈講談社タイガ HP〉
http://taiga.kodansha.co.jp
〈X〉
@kodansha_taiga